BROWSE:
THE WORLD IN BOOKSHOPS

世界在书店中

〔英〕亨利·希金斯 编

彭伦 译

人民文学出版社
PEOPLE'S LITERATURE PUBLISHING HOUSE

著作权合同登记号 图字 01-2021-0726

图书在版编目 (CIP) 数据

世界在书店中 /（英）亨利·希金斯编 ；彭伦译
. -- 北京 ：人民文学出版社， 2022（2023.6 重印）
ISBN 978-7-02-016844-6

Ⅰ. ①世… Ⅱ. ①亨… ②彭… Ⅲ. ①散文集—世界
—现代 Ⅳ. ① I16

中国版本图书馆 CIP 数据核字（2021）第 264689 号

责任编辑 卜艳冰 胡晓明
装帧设计 钱 珺

出版发行 人民文学出版社
社 址 北京市朝内大街166号
邮政编码 100705

印 刷 上海盛通时代印刷有限公司
经 销 全国新华书店等

字 数 117千字
开 本 787毫米×1092毫米 1/32
印 张 7.625
版 次 2022年2月北京第1版
印 次 2023年6月第3次印刷

书 号 978-7-02-016844-6
定 价 50.00元

如有印装质量问题，请与本社图书销售中心调换。电话：010-65233595

目 录

序言：一个让你驻足的地方 1
/亨利·希金斯

书店时光 25
/阿莉·史密斯

某个不存在的东西 39
/安德烈·克考夫

赫拉克勒斯之柱 53
/伊恩·桑瑟姆

两家书店的故事 67
/胡安·加夫列尔·巴斯克斯

莱特纳和我 83
/萨沙·斯坦尼希奇

渴望：内罗毕偶然诞生的书店 99
/伊冯娜·阿迪亚博·奥沃尔

下雪天 127
/迈克尔·德达

一场关于杜斯曼的对话 145
/丹尼尔·凯曼

绿棕榈书店 159
/斯特凡诺·本尼

一家进步时代的书店 171
/潘卡吉·米什拉

亲密 187
/多尔特·诺尔斯

波希米亚路 203
/伊恩·辛克莱

我的故乡是故事之乡 227
/艾丽芙·沙法克

序言：
一个让你驻足的地方

亨利·希金斯

九岁的我，得到一个生日礼物：一张图书兑换券。我妈妈带我去书店兑换。那家书店全都是抛光的木地板，铺着绿色地毯，让我想起桌球台。那时我刚读过弗兰克·赫伯特的《沙丘》。这个小说人物众多（譬如邓肯·埃德荷、惠灵顿·岳），居然能吸引一个九岁小男孩，也是挺不可思议的。在书店里，我拿起《沙丘》的续集《沙丘救世主》，又拿起这个系列里的后两部，也就是《沙丘之子》和《沙丘神帝》。“你想让谁对你刮目相看?”一个顾客问我，接着又说，“最好的一本是《沙丘上的海滩派对》。”“我没听说过这本。”我怯生生地说。他哈哈大笑。

想到这一幕，我的眼前就浮现出当时那几本“沙丘”系列小说的样子，虽然第二本没读完我就放弃了。然而我最惦记的却是那本并不存在的书《沙丘上的海滩派对》——你好，邓肯·埃德荷！——有时候我甚至幻想会在一家藏书丰富的书店，蓦然发现这本书。

豪尔赫·路易斯·博尔赫斯在一九三九年发表的一篇文章中，想象有一个“总图书馆”，收藏所有可能存在的书。在后来的短篇小说《巴别塔图书馆》中，他又回到这个主题，描绘了一个图书馆，拥有“用每一种语言写的所有书”。我脑中所想的是这个图书馆的变体：一家总书店，它像博尔赫斯的图书馆那样，既有全部馆藏的真书目，也有五花八门的各种假书目，有证明假书目之假的各种证据，也有证明真书目之假的证据……

十五岁的我，在这家本地书店。一个敞亮的单间房间里，四周是高高的白色书架，有一个巨大的陈列架，放的大都是斗牛士出版社、费伯出版社的平装版图书，所有这一切都显得很诱人。有两个星期，我贪婪地读《猎杀巨鲨》——亨特·S. 汤普森的大部头纪实作品集——里面有许多让人看得晕晕乎乎的废话（现在回想，不知道当时为何我没有买这本书，也许是穷学生囊中羞涩吧）。一天，我正在读《猎杀巨鲨》，有个朋友打断我，要和我一起去买一些“呆子糖”——这是一种像蜡烛泪的糖——刚从书店走出不到一百米，我就意识到自己让这本书“获得了自由”。现在，我面临一个考验，是否要不为人知地把书还回去。当然，不还回去更容易，我内心也有声音说，我可以假设亨特·S.汤普森的书就该被人偷。但是，我还是回到书店，想偷偷把《猎杀巨鲨》放回它原来在陈列架上的位置，可陈列架偏偏在此时幅度很大地转起来，我差点把它撞倒，它也差点把我撞倒。接着，书店店主活像一只愤怒的老鹰，猛扑过来，质问我到底在干什么。

我的整个青春期，书店就像我秘密的自学之地。我仍然喜欢这样的看法：一家书店也可以是一座非正式的图书馆，虽然它不出借书籍。我在虚构区的书架之间流连，我的文学知识长进了不少。记得戏剧《谁害怕弗吉尼亚·伍尔夫？》上演的时候，我对弗吉尼亚·伍尔夫还一无所知；所以我认定她是一个我应该害怕的人。过了不久，我就在书店里惊喜地看到一整个书架的伍尔夫小说（是那种黄色书脊、封面上方一条红色色块的牛津大学出版社“世界经典”丛书），于是抽出《奥兰多》，开始读。

“他——毫无疑问是男性，尽管当时流行的服装式样多少掩饰了性别特征……”[1]这是一种怎样的疯狂？正是“毫无疑问是男性”这样的语句创造了疑问，我上钩了。下一个段落几乎有三页长，里面有一个我从没见过的词“asphodel”（水仙花）。因为这种巧遇，我高兴得像发了高烧，跟另一个顾客撞在一起，她显然认为我这是想要搭讪——这样想不无道理，但不是事实。有太多东西要知道、太多东西要探索。我始终感觉书店本身就是一个小小的珍物陈列室，是一台时光机，也是一个会遭遇小小的尴尬的地方。

十八岁的我，手里拿着一本埃兹拉·庞德的《诗章》。此刻我正在牛津布莱克威尔书店的旧书区。在这个地方，热切就像植物一样蔓延、生长。虽然所有的书售价似乎都过高，但它们要么是你迫切需要的，要么会诱惑得你心神不宁。庞德的《诗章》兼而有之：既然我即将学习现代主义，我就应该熟悉这些诗，而且书店里的这一本，书脊上有亨利·戈蒂耶·布尔泽斯卡画的庞德素描头像，品相非常好。我反复摩挲，试图说服自

① 弗吉尼亚·伍尔夫小说《奥兰多》第一章的第一句话（译文引自任一鸣译《奥兰多》，上海译文出版社二〇一四年版）。

己，它多么适合放在我那乱糟糟的学生书架里。有个声音打断了我的思绪："你看不懂的。"这个声音来自一个蓄着小胡子的访问学者，我曾经留意到他在英文系图书馆流连。他从我手里拿过书，对他年轻的同伴说："如果我逼你读，你会读吗?"我想告诉他，这本书是我的，他根本就是个裤裆里夹着屎、没胆量逼任何人的胆小鬼，可还是被他先发制人："安心读点简单的东西，小孩。"

十八岁的我最不想读的就是简单的东西。我决心延展自己，去讨论现实问题。庞德那汪洋恣肆、不拘小节、把人生经历和思想史相融合的叙事诗，正是我要追随的。

我最近因为游览了庞德葬身之地，威尼斯潟湖中的圣米歇尔岛，兴起重读了《诗章》。在六月的豪雨中，我可怜兮兮地无法找到他的墓地位置。重读这本书，我发现了我在书中写的日期："1993 年 11 月 2 日"。嗯，当时我十八岁，所以那位访问学者也许根本就没有说服他年轻的同伴。

二十六岁的我，正在旧金山的城市之光书店。众所周知，它的创始人是诗人劳伦斯·费林盖蒂（另一个创始人彼得·D. 马丁不那么出名，他是反法西斯斗士卡洛·特雷斯卡的儿子）。我读过费林盖蒂的作品，对他的印象是，一个浪漫至极的人物——有这种印象既是因为他的名字，也是因为他出版过艾伦·金斯堡的《嚎叫》，这本书还因所谓的“淫秽”而遭到起诉。我在书店里东张西望了半小时，不知怎么的，书店让我想到一辆废弃的有轨电车。我克制自己没有像乡巴佬似的去问“今天费林盖蒂在哪儿”，而是买了一期《麦克斯维尼》杂志。这是一本颇受推崇的新潮文学杂志，我听说过，但从没见过。它是硬壳精装的，花了我两顿晚饭钱。不过，杂志附赠了一张内含四十四段音乐的 CD，每段音乐都对应杂志中出现的一样事物。比如里面有一篇莉迪亚·戴维斯的短篇小说《打着嗝的口述史》，只有一页长，配的那段音乐就是“明日巨星”乐队演奏的曲子《喝酒》，是一段低音萨克斯突出的器乐演奏，应该是《人物》杂志评选的“1998 年度最美人物”评选中排名第九的约翰·林内尔演奏的。收银机后的那个家伙看上去很懂的样子。他把这本精装杂志放在收银台上转圈，咧嘴笑道：“现在，你也成了有问题的人。”

“问题？”当我在脑海里再过一遍这段插曲时，我觉得他是在开玩笑。我愿意相信他可能是把我当作一个苦思冥想、好学的人，不过我认为他看到的就是一个真实的我：有点过于迫切地想尝试新口味，但值得鼓励。他想让我觉得我在钻研前卫的事物，或者至少是新鲜的事物。

所以，这里的“问题”是正面的。一家书店可以是一个吸引特立独行者、精神流浪者的磁场，一个社区中心，一个避难所，一个文化活动的平台，也可以是一个异议和激进主义的中心，一个可以传播对于大众来说太奇特、太具爆炸性的观念的地方，一种创造、发展读者群体的方式。我想到书中安德烈·克考夫笔下的二手书店，是乌克兰有“小维也纳”之称的切尔诺夫策市的文艺中心。

关于城市之光书店，我最后还要提一点：不久前，我读了一篇对这家书店目前几位店员的采访，其中一位叫高新庆的店员说：“有一阵子，有个女的经常溜进我们的员工办公室。办公室里有一条斜槽通向我们接书的房间，她就从这条斜槽滑下去，在底部用泡沫包装袋给自己铺了张床。好几次都被我们发现她在那里睡觉。”

通常来说，这不是书店所期望的接待方式，但就城市之光书店来说，这似乎尚属正常，因为它总标榜自己是“民主的摇篮”。

二十九岁的我，正在伦敦查令十字街的一家书店里。它无非是又一个时间扭曲的堡垒，被深色的木头和怨气所包围。我走进去的原因是橱窗里放着一本十八世纪印刷的塞缪尔·约翰逊英文词典。我的博士论文写的就是约翰逊，当然想拥有一本他的词典。我问这是哪一版。守着现金抽屉的男人上下打量我：“第六版。”我知道第六版出版于一七八五年，即约翰逊死后的那一年。我问价钱多少，他说我买不起的。我说不管怎么样，让我知道价钱有什么关系。他说有的旧书很难收到，所以价格很贵。我说我知道。他又说我穿着这么宽大的外套，看着就像偷书贼，我最好马上闪人，不然他就报警。

对这种情况，警察又能怎样？当时（二〇〇四年）因为穿着厚外套被捕还不是正常事。也许我错就错在误入了那种并不是真想卖书的书店——这种书店现在越来越少了——它们的存在只是为了给某些根本不能适应需要社交能力的工作的人提供就业机会。

我知道，这种事情还有另一面。在乔治·奥威尔那篇充满怨气的散文《书店记忆》中，他回忆了在汉普斯特德的“爱书人之角”书店打工时，烦扰他的各种顾客，当时他正在写长篇小说《让叶兰继续飘扬》。它不是“那种永远都有风度翩翩的老绅士在那里翻阅小牛皮封面的对开本的天堂”，他能在那里打工不是因为他懂文学，而是因为他长得高，不用梯子就能够到书架的最高一层。他得去帮助前来寻找廉价教科书的学生，得服务“给侄儿买生日礼物却想不清楚的女士”。他写道：“光顾我们书店的人，许多是在哪儿都招人烦、在书店里尤其烦人的那种人。”

毫无疑问，我也几度是这种人当中的一个，有时候迂腐得令人烦，有时候不清不楚地令人受不了：“我见过这本书，记得有一个白封面，大概是关于大脑的……”

四十一岁的我，正在伦敦南区水晶宫的克罗书店——店名来自店主之一的姓 Crow，显然也是为了向附近公园里惊吓游客的那些食腐鸟[①]致敬。这是一家

① 即乌鸦（crow）。

勇敢的独立书店，我手中的《伦敦书店地图》写了这是“本城107家独立书店之一”，也是“泰晤士河南岸销售英美书籍品种最多的书店”。我挑了一本汤姆·德鲁里的小说《破坏的终结》。坐在柜台后的男人（我后来知道他是另一个店主乔纳森·曼恩）看着书说，这本书能在美国出版二十多年以后在英国出版，他是起过作用的。

我去过卖咖啡、糕点的书店，还知道有一家书店开泰式餐厅，偶尔碰到过好几家书店似乎还是为走投无路者提供服务的救助中心。今天，有一种普遍观点认为，为了人气和利润，书店除了卖书，还要擅长其他服务。但是，我想要在一家书店里找到的，仍然是对书本身的热爱，不是那种咄咄逼人的、布道般的热情，而是那种渴望搜罗其他书店没有的书、渴望用感性和信念代表书籍世界的那种激情。这种激情甚至偶尔会促使书店经营者介入到文学的产生与重生之中。

三十七岁的我，正在诺福克徒步度过假期。一天下午，我在本汉姆市场停下脚步，因为我发现在一栋燕麦粥似的老房子里，有一家“铜头”书店占了好几个房间。我决定迅速转一圈就走。可我错了。我费了很大的力气才抑制住自己买五六本书的冲动，只买了一本书——维多利亚时代的牧师本杰明·阿姆斯特朗的日记。我是看了书中的一段日记决定买这本书的。他这样描述参加过的一次令人失望的派对："狭小的房间，跑调的钢琴，难喝的酒，愚蠢的人。"这样的论断可谓相当刻薄，考虑到作者身为牧师，就更显得不同一般。

付款离开时，我发现书里夹了一张火车票——剑桥至诺维奇，一等座。原主人是谁？是往返于高等学府之间的学院中人？还是在这两个拥有主教座堂的城市之间穿梭的某个当代本杰明·阿姆斯特朗？或者是某个状态上升却打不上主力的足球运动员，为了前途冒险转会？真是脑洞大开，我知道。可这不正是一本二手书的魔力吗？

弗吉尼亚·伍尔夫这样写道："二手书是野书，是流浪书；它们披着斑驳的羽毛大群大群地聚在一起，散发着被图书馆驯养的书没有的魅力。"群越大，色彩就越杂，正如迈克尔·德达在收入本书的文章中所说的，"大批量之中可能就有被忽视的珍宝。"无论二手书的这方领地有多大，它的味道永远都让人似曾相识。哪怕我听上去像是个屏住呼吸的品酒师，我都得说，二手书通常散发的各种味道有杏仁味、香草味、青草的甘甜味、受潮的木头味，甚至还有蘑菇的味道；在这些芬芳的撩拨中，我仿佛置身于森林中，能够在不同的世界、不同的时代之间穿梭，期望在深色的叶子后面，发现金色的叶子。

每一家二手书店都是一次发现宝藏的机会，充塞着各种故事，因为书架上的每一本书都带着层层叠叠的历史——以前藏书者留下的痕迹、页边潦草的旁注、夹在书页中的便条，还有他们的火车票。我曾买到过一本伊丽莎白·巴雷特·勃朗宁的诗选，里面夹着一个充作书签的避孕套包装套。“我是怎样地爱你？让我逐一细算。”①

在阿莉·史密斯的文章《书店时光》中，她写到我们是怎样“通过这种表面的碎屑把我们留在书中的”。被抛弃的书就是“曾经与它们亲近之人的储藏室”，一家二手书店就是一座收藏那些人生命中特殊时刻的博物

① 伊丽莎白·巴雷特·勃朗宁《葡萄牙人十四行诗》第四十三首中的诗句（译文引自方平译《白朗宁夫人抒情十四行诗集》，四川人民出版社一九八二年版）。

馆。许多这样的特殊时刻是书的所有者以献词的方式留在书中的——这是令人悲伤的，因为这些饱含深情的献词的书写者和赠予者可能现在都已经去世了。

我买过的二手书中，献词最奇特的那一本是我收藏的瑟尔伯·昂托《月光下的旅人》。里面写的献词实际上是在示爱，但用了一种隐晦的、可能被认为是典型的英国风格的笔法。特别让人感到难过的是，这本书我是在一家慈善商店里买到的，距离页脚处献词的日期只过去了几周。

三十一岁的我，正在布宜诺斯艾利斯。我的朋友本，虽然不怎么爱读书，却坚持要带我去雅典人书店。这家书店所在的地方前身是一座剧院，精美的壁画和雕塑都保存完好。乍看它并不特别，但很快，我就身处一个照明很足的礼堂，睁大眼睛抬头看三层的楼座和顶上的壁画。我决定必须在这里买一本博尔赫斯的书。我读过他的短篇小说英译本，而现在，我的西班牙语根本还没好到可以尝试读原文的水平，我却觉得必须欺骗自己一把，也许买一本原文书，我就可以在我们伟大的阿根廷大师的文字中游泳，进而提高我的西语水平。准确地说，他的文字并不适于沉浸，他的文字是不连贯的、格言式的，甚至是朴素的。可我还不知道这些。我在翻阅一本博尔赫斯的《虚构集》平装版的时候，另一个浏览书的顾客告诉我，我必须读阿道夫·比奥伊·卡萨雷斯；等到我磕磕巴巴地用西班牙语说清楚我的西语不利索时，他又换成英语告诉我，卡萨雷斯“甚至比博尔赫斯更聪明”。有一个年纪更大的人插进来说，卡萨雷斯娶了西尔维娜·奥卡波，他的短篇小说“如梦幻一般美”。接着，他的同伴问我有没有读过胡里奥·科塔萨尔，我说没有。她就把我带到存放科塔萨尔作品的书架。“最好的是《跳房子》，”她告诉我，“但它很难读。”我请她推荐容易读的作品，她大笑道：“科塔萨尔的东西没有容易的。他写的一切都是幻觉。”

我满载着建议离开了雅典人书店，两手空空。本对我不以为然。我来干吗？朝圣吗？

说真的，爱逛书店的人可能就像朝圣者；有时候，一家书店被赋予某种神圣的声誉，于是我们去寻访，期待着某个救赎的时刻。去巴黎的莎士比亚书店，这家已故的乔治·惠特曼为了向出版詹姆斯·乔伊斯《尤利西斯》的西尔维娅·毕奇致敬而创办的书店。去里斯本的贝特兰德书店，它于一七三二年开业，一七五五年毁于大地震后搬迁至加雷特街的现址。去位于马斯特里赫特一座十三世纪旧教堂中的天堂书店，这座壮观的教堂曾用作自行车停车场。去纽约西五十七街上如今已经停业的里佐利书店，那里有引人注目的枝形吊灯和浅浮雕。或者去东京的森冈书店，这里每次只卖一种书。去英格兰和威尔士交界处的海伊，这个只有一千五百名居民的小镇，却拥有二十多家书店，每年到了著名的“海伊文学节”，小镇的人口就要迅速膨胀到居民的五十倍，比尔·克林顿曾形容这个文学节是“头脑伍德斯托克”。

虽然如此，对我们大多数人来说，最丰富的书店感悟，并不是发生在我们虔诚地按图索骥刻意寻找的那些地方，而是在无意中撞到的地方。

二十三岁的我，正在鲁昂，居斯塔夫·福楼拜的出生地。我最早接触到福楼拜是因为读了朱利安·巴恩斯的小说《福楼拜的鹦鹉》。这部小说的叙述者是一个古怪的退休医生杰弗里·布拉斯韦特，他为了“深入分析人身份意识的发展”，狂热搜集与这位作家有关的各种冷僻知识。一天，我在鲁昂的某家喧闹的酒吧喝多了比利时啤酒，第二天我本来只适合深入分析宿醉以后发怒的频率，可我买了一本福楼拜的《包法利夫人》。这本书是在一家棕褐色的小书店买的，里面还带有昨日留下的香烟味，灰尘顽固地停在每一本书的书边上；总之，我又来到了老一套的世界，而那个嘴唇紧闭的女店主看上去就好像能演《悲惨世界》里的德纳第——不是水桶腰的德纳第大娘，而是瘦骨嶙峋的德纳第先生。我发现的这本《包法利夫人》售价便宜到吓人，是淡黄色封面的伽利玛版。我如获至宝，拿着它直奔咖啡馆坐下，点了一瓶波多气泡水，读了起来。自从六七年前在伦敦的格兰特-库特勒书店①看到伽利玛版的《包法利夫人》，我就念念不忘。我买的这本书有一种军用品般的硬度，好像准备好要让人读许多遍。就因为手里拿着书，我觉得自己变得成熟、严肃了。这是我自己的书。我才不在乎邻桌的人翻着白眼窃窃私语："这里有个装腔作势的游客！"②

朱利安·巴恩斯有一篇文章谈他的藏书史，他回

---

① 格兰特-库特勒书店（Grant & Cutler），英国最大的外文书店，拥有七十五年历史，二〇一一年与著名的福伊尔书店合并。

② 原文为法语：Voici un touriste prétentieux !

忆他十几岁那段时期，发现了“占有的兴奋和意义”：“拥有某一本书——你自己挑选的书——就是定义你自己。”不仅如此，在我看来，选择一本书，爱护它，也是一种小小的自我超越。许多人都爱图书馆。总的来说，图书馆确实是非常民主的好机构，也常常是激荡思想的源泉，但是在插满我们亲手购买的书籍、我们自己的书架上，才真正收藏着我们的热望、激情和疯狂。

十三岁的我，陪我的英语老师去一家当地书店——在我心里，这地方像知更鸟蛋那样，是蓝色的——我们去挑选适合作为期末考试奖品发给考试成绩优异者的书。老师的想法是我帮他挑选我们同学真正想要的书，而不是经常被当作奖品发的那种朴素的大部头。我扫视精装版新书时，兴奋地发现有人塞进了一本书，书名就是法语的“屎”（Merde），里面都是“你在学校永远学不到的纯正法语”。真的，没开玩笑。我贪婪地读着那些陌生的、跟性有关的词汇，把挑选奖品的正事都搁一边儿了。当我看到这本书里写到“通宵不睡”（une nuit blanche）地做爱，我没法不困惑——要知道，我才十三岁。

不管这听上去多么荒唐，我开始对语言感兴趣，对不同语言中迥然不同的有趣俚语感兴趣，那一刻是关键性的。一次书店里意外的遭遇引发了影响人一生的爱好。

马克·福赛斯在他的文章《你不知道的无名书：书店和意外发现的乐趣》就说了这种现象。在网上购物，我们很容易找到想要的，可如果是书，“仅仅得到你已经知道你想要的书，是不够的。最好的东西是那些在你获得以前根本不知道你想要的东西”。福赛斯点评道：“得到满足的欲望是一件微不足道的事情，但一种新的欲望就不同了！”

书店永远都在产生新的渴望，永远都在我们心中播种渴望。这种渴望会休眠很长一段时间，然后突然破土发芽。这就是它们的魔力：灵感在我们心中激荡，偶遇唤醒陌生的热望，梦想越来越大，顿悟照亮了心灵。

萨沙·斯坦尼希奇在收入本书的文章中，把书商与读者的关系比作吸毒者与毒贩的关系：“你有货，另一方要你供货。”有时候，买书的人就是在找“那种能激起最复杂的反应的硬货”。有时候，一针毒品会让人陷入一种“好像冲向四面八方的梦幻感觉”。

尽管书店有这种改变人思想的魔力，我们却生活在一个书店面临危机的时代。它们的生存正遭受房租、税率上涨的威胁，遭受网络书店的挤压，读者的注意力被其他更轻松、更积极营销的娱乐方式所吸引。说句题外话：虽然书店也是生意，但它们大部分不会遭受公众对商业化的那种反感，这既是因为它们倡导的是文化和社区，也是因为它们让我们与一个逝去的年代相连，在那个时候，零售业还比较温情，比较有个性。

接下来的这些文章，是对书店这种公共机构的赞美与致敬；认可它的价值，赞颂它的魅力。同时，每一篇文章都是对某一家书店或某一个地方的书店文化的珍爱。这里有胡安·加夫列尔·巴斯克斯写下的他在波哥大最喜爱的两个地方，都是“让人脱胎换骨的地方”；这里有艾丽芙·沙法克在伊斯坦布尔的卡德柯伊区，被咖啡与菩提花茶的香味所包围；这里有潘卡吉·米什拉在德里为他的想象力搭建的一片私人空间；这里还有伊恩·桑瑟姆在查令十字街上的福伊尔书店为新到的书卸货，却碰到演艺明星丹尼·拉鲁伊从他粉红色的劳斯莱斯车上下来。丹尼尔·凯曼用两个会心交谈的午餐者角色，把我们带到柏林的米特区：多尔特·诺尔斯去了乡村风情的日德兰半岛和时尚的哥本哈根；伊冯娜·阿迪亚博·奥沃尔则来到仿佛处于一种重建手术后精神错乱状态的内罗毕。有两篇文章具有怀念意味：伊恩·辛克莱写了海滨圣伦纳兹歇业的“爱书人驻足”书店；斯特凡诺·本尼写了博洛尼亚那个“黑暗、神秘的洞穴”，那个已成为过去的绿棕榈书店。

这本书不是地名索引，不是世界书店指南。它是一本散文集，是作家们对书这种过去一千年最具共鸣的物件，以及对读者获取书的特殊空间的私人体验——对他们而言，那里是一种药或一帖处方，是一种折衷主义的奇迹，是一座秘密花园，是一个意识形态的炸药桶，是抗议反对世界其他地方泛滥的陈词滥调、巧言令色的舞台，也是一个安全、理智的所在，是唯一一个既是灯塔也是洞穴的地方。

亨利·希金斯（Henry Hitchings）

亨利·希金斯写过三本语言方面的书：《约翰逊博士的词典》（*Dr Johnson's Dictionary*）、《英语的秘密家谱》(*The Secret Life of Words*)和《语言战争》(*The Language Wars*)。他还著有《谁害怕简·奥斯汀?》(*Who's Afraid of Jane Austen*?)和《抱歉!英国人及其礼节》(*Sorry*! *The English and their Manners*)。他曾获得约翰·卢埃林·里斯奖、萨默塞特·毛姆奖和英国现代语言学会的独立学者最佳作品奖。自二〇〇九年以来,他担任《旗帜晚报》剧评人,也是《牛津英语词典》的顾问编辑。

书店时光

阿莉·史密斯

过去几年中，我时不时地在一周中抽几个小时去大赦国际开在我们当地的二手书店“大赦书店”做志愿者，帮忙卖书。我住在英格兰南部的一个大学城，人们把书捐过来，有时是七八本装在一个塑料袋里，有时是一面包车的书，把整座房子清空，把某个人书房里的全部藏书捐了，背后永远都是有趣的故事。他们送来的书五花八门，无意间也反映出他们自己的生活。

打开这本《萨德勒之井[①]的芭蕾舞者》，即使出版了六十年，它的封面仍然是明亮的橙色，首页是玛歌·芳婷[②]的黑白照片。封底上原来的标价是六先令（现售价两英镑）。扉页上有用蓝墨水工整书写的儿童笔

---

① 萨德勒之井剧院是伦敦著名的芭蕾舞剧院。

② 玛歌·芳婷（Margot Fonteyn，1919—1991），英国著名首席芭蕾舞者，在她的时代被认为是英国最出色的女芭蕾舞者。

迹："1954年圣诞，克里斯多弗送给卡罗琳。"还夹着一张明信片，正面画了一只神气活现的、带着颈圈的虎斑猫。背面是成人的笔迹，蓝墨水已经褪色："亲爱的卡罗琳，请把你想要的东西列个清单给我，那样我就可以给你挑一样生日礼物。下个星期我会去莉齐家，所以请告诉奶妈，我下周的地址是在'小号手之家'。满满的爱。吻你。妈妈。我觉得你送给爸爸的礼物很可爱。"

或者打开一本《塞尼诺·塞尼尼的绘画艺术之书》，里面夹着一张公交车票，上面写着："单程，1936年7月20日，查塔姆地区公交车公司。"

或者打开一本埃德娜·圣文森特·米莱的美国首版诗集《雪中的雄鹿》，里面夹着一张名片，上面写着"卡森伯格小姐钢琴课"和一个纽约皇后区的地址。

我们通过这种看似琐碎的东西把自己留在了书里：画面是树或者野生动物的香烟卡；药房的收据；歌剧、音乐会、话剧的演出票；各个年代的火车、电车、公交车的车票；在不同地点拍摄的照片、很久以前已经死去的猫猫狗狗的照片和度假的照片；甚至是某人开的福特科迪纳汽车的照片。现在，每当我要向这家书店捐书时，都会翻一下书，确保插在书里的东西不是我要保留的。

志愿者们就像书一样，年龄不一，各行各业。但他们有一些共同之处：他们不求回报，就为了大赦国际，大多数人是因为真的爱书，许多人是出于爱这家书店，而所有人都想着他们共同生活的社区。书店里很安静，适合浏览，有进来避雨的过路人，有喜爱这个地方的常客，他们知道这里选的书上架及时得出奇——你会毫不意外地听到某人大声惊呼："这就是我一直在找的书！"——还有偶尔进来的混混，比如我在收银台那里的时候，有个微醉的男人跟我攀谈了一会儿，他临走时说："我本来打算在这里偷点东西的，但既然你是苏格兰人，我就不偷了。"他出门的时候我在他身后叫道："看在上帝分上，要偷你也不能偷慈善商店。"他在门外隔着玻璃窗朝我挥手微笑。

那天他可能偷走的有这些书：一本莱昂纳德·伍尔夫的小说《播种》，里面有签名，"莱昂纳德赠伊丽莎白，1962 年圣诞"（是写这本书的莱昂纳德？）；还有另一个莱昂纳德的签名，在一本莱昂纳德·伯恩斯坦的传记上，肯定就是他自己用倾斜的手写的；有阿克塞尔·蒙特的《圣米歇尔的故事》，是阿克塞尔签名送给阿斯特女士的；有一本破破烂烂的阿妮塔·卢斯的《像我这样的女孩》，有人在第一页上潦草地写了一行蟹爬一样的字：“这本书有些部分写得很悲伤。”

但是像这样的书店会给我带来一个问题：我自己每捐一本书，常常又会把两本、三本、四本旧书买下来抱回家。有这么多书好挑。可是，当你拿起一九七八年版《青草、三叶草、叶草亨特指南》(现价三镑)，你能怎么办；你快速浏览，发现有些种类的草叫蒂莫西和琉森①，蒂莫西是十八世纪二十年代从美国传来的，而琉森很耐旱，是因为它的根深入地下？或是一九六四年出版的《全国玫瑰协会玫瑰种类精选》(现价二点五镑)，随便翻到哪页，看看是什么：Oberon，Ohlala，Old Pink Moss，Opera. Ophelia. Optimist，the。②而在 Optimist，the 这一条目后面，就写了几个字：“参见 Sweet Repose 条目③。”

在那里发现的书中，我最喜欢的一本是 D.H. 劳伦斯的《鸟、兽、花》，很显然作为第二版，这本书不值多少钱。但是翻开书，第一页上有人贴了一张照片，一

---

① 蒂莫西（Timothy）指梯牧草，又名猫尾草。琉森（Lucerne）指苜蓿。

② 这些都是不同种类玫瑰的名称。

③ The Optimist 和 Sweet Repose 是同一种玫瑰。

个姑娘穿着泳衣坐在河岸边高高的草丛中，看着一面镜子化妆。照片上有一行用黑墨水写的字，字迹遒劲："P.A. 赠 F.N.LW，1933 年 9 月。"前面几页显然是被好好读过的，后面却连毛边都没被裁开。

接下来还有一本《佛罗伦萨壁画》，是一九六九年的展览目录，由艺术委员会为二十世纪六十年代末的欧洲巡展而编辑出版的。我注意到这本书经常在书店出现。一有人捐就被买走了。到我第三、第四次看到它的时候，就拿起来放在桌子上翻看。我随手翻到一页，上面描述了一个草图画面，一个女人单手抱着一个小男孩："正如普罗卡齐教授在导读中所解释的，把这些壁画剥离，经常会露出下面的底图或者草图。这些画面为画家所弃，用新的画覆盖了。"后来的修复者发现了画家隐藏了几百年、始终存在那里的秘密。

在我成长的那些年，梅尔文斯书店是因弗内斯①唯一的书店。那里针对游客的书卖得特别好，比如关于詹姆斯二世党人、苏格兰玛丽女王的书，还有用尼斯湖水

① 因弗内斯（Inverness），苏格兰最北方的城市，旅游胜地。

怪的那张"医生照片"[①]做封面的书。我父亲的电器商店离那儿只有大约两分钟的距离。我小时候经常在梅尔文斯书店里转悠，竭力不被人注意，就是放学后到大人下班、开车带我回家之间的那些下午时间。当你还只是一个八岁的孩子的时候，假装自己是一个真正的顾客毫无意义，因为你口袋里没有钱，而且书店里人人都知道，你，那个电器店老板史密斯的小女儿，又来了。

不管怎么样，我还是在没有被赶出书店的情况下读了许多书。比如《鬼和鬼故事》，这本书里到处都是真正的鬼照片！还有一本关于先知布拉罕的书，这位苏格兰古人口袋里放着一颗中间有小孔的石头，他透过小孔能预见未来，他预见了苏格兰高地清洗运动、第二次世界大战和石油工业大爆发。他预见了他的女赞助人的丈夫不忠，然而当他告诉那位大宅中的女主人时，她怒不可遏，命人将他投进滚烫的焦油桶中滚下山去。不过在此之前他已经预言她的整个家族和后代的衰亡，并将他的石头投入了大海，只有遥远未来的某个长相奇异的孩

① 一九三四年伦敦医生威尔逊声称他途经因弗内斯附近的尼斯湖时看到水怪并拍下照片。这张照片被称作"医生照片"，多年来一直被认为是尼斯湖水怪存在的最有力证据，但现已被证实是骗局。

子才能发现它。还有《苏格兰高地民间故事》，里面有个故事讲一个男人杀了他的朋友抢走他的钱，把尸体埋在路边的一块大石头下。多年以后，这个人吃晚饭的时候，他手里拿的骨质刀叉柄突然开口说话：“我们是被你杀害的朋友的骨头。”他低头一看，他的双手沾满了鲜血。

但是，“这里不是图书馆！”就连最和气的女店员都会追着你说这句话，那是她的工作，书是宝贵（dear）的，我的意思是要花钱的。不过“dear”一词的另一个含义“亲近的”也适用于书，这点我很清楚，因为我的父母对书一向抱持敬惜的态度。花在每一本书上的钱都不要浪费，我妈妈会这样说。她仅有的几件从童年时起保存了“几百年”仍没有丢弃的东西中，有一本小蓝书，书上盖着她因为父亲去世、被迫辍学外出打工之前念书的那所学校的徽章，这本书就是《睡谷传说》，讲一个男人在山中睡了一百年的故事。这本还写着我母亲出嫁前所使用的娘家姓的书，被塞在大衣柜里几排干净的鞋子后面。九岁那年，我因为患了腮腺炎在家待了三个星期。六月一个晴朗的下午，妈妈为了观察我的恢复情况，给了我五先令，让我自个儿去镇上，到梅尔文斯书店，想买什么书都可以。

刚刚拥有的书带有特别的光环，散发出宜人的光芒和希望。我很幸运，步入青春期的时候，梅尔文斯书店在楼下开了一个专门放诗歌、小说的房间。在那里，我买到了我的第一本劳伦斯、托马斯·曼、德·波伏瓦、哈代、斯帕克、狄金森、斯蒂维·史密斯，买到了普拉斯那本亮橙色封面的《约翰尼·派尼克与梦经》和L.P. 哈特利那个主人公人名古怪的三部曲小说。也是在那里，我第一次明白，书店也会让别人理解你的不同层面，因为总的来说，那些在生活中多少认识我，或者认识我父母、兄弟姐妹的人，看到我在梅尔文斯书店的楼下房间自顾自地看书以后，看待我的眼光就不一样了——非常典型的是，有一个比我高一级的学姐发现，我不仅知道琼妮·米切尔是谁，还知道《蓝色》和《求爱与放电》专辑的所有歌曲，马上就对我刮目相看——虽然我当时就知道这是一种势利眼，但我还是蛮受用的。

有一天，我的英语老师在放学的路上碰到了我。镇上新开了一家书店，我想你会喜欢，她说。她告诉我从市场酒吧隔壁的楼梯上去，那是一家新开的二手书店，店面不大。

我妈听我说的时候，露出了恐怖的表情。市场酒吧！她说。我不是要去酒吧，我说。那是一家书店，店名叫利基。

平装书油墨和纸张的味道是醉人的。书店里堆的书似乎比房间都要高。我经常去，我每个星期六在小树林百货商店里的餐厅打工挣的十英镑也大部分去了那里。其他星期六的打工女孩都笑话我每个星期都把工钱花在了书上，而全职工作的女店员对我这么爱看书表现出出乎我意料的善意。“这次你买到了什么？”约翰·温德姆、H.G.威尔斯、约瑟夫·康拉德、爱比克泰德、屠格涅夫、格雷厄姆·格林，任何人的书。一天我在那里的书架上看到一本厚厚的、绿色的丁尼生诗集，当天晚上我就梦到了它；第二天早上我把这个梦告诉了妈妈。下一次我要去镇上的时候，妈妈叫住我，递给我一张纸币，手里的钱包打开着，说：“给你，去买那本你做梦梦见的书吧。”

我至今仍保存着在利基书店买的大部分书。这家店从一个楼梯上的小店面搬到了面积大好几倍的河边店面，如今已成为因弗内斯真正吸引人的地标，也是苏格兰地区二手书和地图最丰富的书店之一。它是一座令人赞叹、令人惬意、楼厅环绕、书架成排的天堂，正中间还有一个烧木材的大火炉，给人一种有温热的食物可吃的希望。它幽居在河岸后一座巨大、废弃的教堂中已有四十年。

我记得读过菲利普·拉金的一篇文章——请原谅我在这里复述一下——他在其中写道：如果你把人生每十年分配给一个工作日，也就是说，星期一是一周的第一天，代表零到十岁，星期二代表十到二十岁，星期三代表二十到三十岁，以此类推，那么想一想我们处于人生中的哪一天，就会对周末有一种颇为清醒的认识。就我自己而言，我从这个国家的这一端搬到了另一端，从星期一到了星期六——而我仍然把星期六的钱贡献给利基书店。两年前，我要找一本乔治·麦凯·布朗的首部诗集，于是在网上填了一张“货到提醒”的表格，我并不抱多少希望——毕竟是一九五四年的书，很少见，很薄，又是平装版，印量不多——但万一有人要转手呢。一天晚上——“叮！”——邮箱里收到一封电邮。“《风暴》，乔治·麦凯·布朗著，卖家：利基书店，因弗内斯教堂街。”

我马上买了。四十年中一直跟我彬彬有礼地点头示意、但仅限于说“你好”“谢谢”“再见”之类客套话的利基先生，从他的书店，从我这辈子见过的最好的书店之一，现在也是世界上最好的书店之一，给我回了这封邮件。“几十年的时间在我们周围堆叠起来，”他写道，“这本品相很好。它得归到那种如果你有幸碰到、你会读一遍、但不会再读的书里去，这类书令人沮丧，数量众多。”

祝愿我们在书店里都有这样的幸运。

阿莉·史密斯（Ali Smith）

阿莉·史密斯，一九六二年生于因弗内斯，目前住在剑桥。她的小说包括《饭店世界》(*Hotel World*)、《查无此女》(*The Accidental*)、《纵横交错的世界》(*There But For The*)等。她的作品四度入围布克奖决选，最近一次是二〇一七年的《秋》(*Autumn*)。二〇一四年入围布克奖的《如何二者兼得》(*How to Be Both*)获得百利女性小说奖和科斯塔小说奖。她出版过五部短篇小说集，最新一部是二〇一五年的《公共图书馆》(*Public Library and Other Stories*)。

某个不存在的东西

安德烈·克考夫

玛丽娜·利巴诺娃长着一张圆脸，一头金色鬈发。我不知道她现在几岁，也不知道十五年前我第一次去切尔诺夫策见到她时她几岁。切尔诺夫策位于乌克兰西南部布科维纳地区的中心地带，我是去她的小书店“二手书店”做讲座（店名 Bukinist 来自法文中的 bouquiniste，即二手古旧书店的意思）。她当时大概四十九岁，现在还是四十九岁的样子。我只能这样判断。如果你从未去过切尔诺夫策——我基本上百分之百确定你没去过——我只能告诉你，一百年前这座城市的书店里曾经卖过德语、罗马尼亚语和意第绪语的书。一直到第一次世界大战结束，这里的市民大多数都说德语——毕竟，它那时属于奥匈帝国。然后，罗马尼亚王国替代了奥匈帝国，罗马尼亚语也替代德语成为这座城市的书面语和口语。自那之后沧桑巨变。如今唯一的问题是这座城市的历史主要是由诗人记录的。切尔诺夫策永远都有太多的诗人；散文体作家则永远稀缺。即使到今天，在被欧洲政治史以它惯常的无耻粗鲁将这座城市和市民从苏联“驱赶”到一个独立的、后苏联时代的乌克兰的四分之一个世纪后的今天，情况依然如此。

我清楚地记得进入新秩序的这段过渡时期：一九九一年，杂货店的货架空空如也，店员态度傲慢恶劣；而书店里，店员们茫然地站在放满苏联文学作品的书架前，这些书再也没有人会看——杂货店和书店的反差是何其鲜明。书店是危机的第一批牺牲品。它们乖乖地关门，没有抗议，甚至没有试图为了生存而挣扎。在苏联解体、乌克兰独立后的最初几年，基辅的一百家书店仅剩下十家。我尤其痛心的是诗歌书店的倒闭——这座城市唯一只卖诗集的书店。在苏联时期，二十世纪七十年代末或八十年代初，我在那里发现了一本立陶宛诗人马塞利乌斯·马丁奈蒂斯的诗集《库库提斯之歌》。我翻了翻，读了其中几首诗，马上买了，花了我七十九戈比。也许我把数字记混了……这个七十九可能是指那年是一九七九年？记忆是靠不住的，选择性记忆是另一码事。我依然能背诵那本诗集里的许多诗，逐字逐句。我能背诵是因为当时我给那些最喜欢的诗配乐，把它们变成歌曲，在钢琴上自弹自唱，我起码把他的二十首诗编成了歌。即使现在我还会唱其中一两首。我太喜欢马丁奈蒂斯的诗了，马上认定他早已去世。对我来说似乎总是如此：我发现了一些喜欢的好诗，然后对作者做一番研究，结果发现他已经死了。总是这样。这导致我得出结论：好诗不可能是在世的诗人写的。所以我根本就没打算花时间去查查马塞利乌斯·马丁奈蒂斯的情况。然后到了二〇〇四年，我偶然发现，实际上，他还活着！不过，请允许我待会儿再来说此事。

现在，让我们回到二手书店，也就是玛丽娜·利巴诺娃在切尔诺夫策市中心开的书店。在玛丽娜接手之前，它原本只是一家卖普通苏联书籍的普通苏联书店。然后，一夜之间，苏联解体了，分崩离析，成为历史。苏联不再存在，但这家小书店幸存了下来，比许多大城市的书店更成功地度过了危机。为什么？因为危机就像磁带录音机上的“暂停”键，或者用更当代的话说，就像 iPhone、iPad 上音乐 App 里的“暂停”图标。没有人是按“播放”来取消它的。关键在于，由危机引起的社会发展中的一次暂停具有某些特征。人们没钱了，为了生存，他们开始卖掉不需要的东西。然后开始卖不是必需的东西，再然后，如果危机仍没有过去的迹象，他们开始依依不舍地卖他们原本舍不得卖的东西。在苏联的价值观中，家庭藏书具有特殊地位；因此，它们被视为老一辈留给子孙后代的传家宝，指望他们像家里的银器一样珍藏，其重要程度更甚于东德瓷器公司昂格尔 & 席尔德被收归国有后生产的十二套装餐具。

现在，“不识好歹”的后代们，在饥寒交迫中开始变卖父亲、祖父收集多年传下来的藏书——父亲、祖父曾经抱着盲目的信念坚信“书乃一切知识与智慧之源”。

勤劳些的后代们会从早到晚站在街上，地上摊一张报纸或者油布，上面放着一部部世界文学名著和政治经济学教科书。懒惰的则拿着书去书店，说服店主或店员在书店里寄售，卖掉可以提成，卖不掉可以退货。

这就是苏联时代的书店如何变成欧洲式二手书店、乌克兰本身也变成一个二手国家的大体情况。对书店从业者来说，情况开始好转。这不仅是因为突然冒出的一种新顾客——珍本书的收藏者——也是因为他们原本相当沉闷、平淡的行业现在增添了寻宝这一元素。书店接收寄售的书籍之后要做的第一件事，就是等书的主人走了以后马上逐页翻这些书，把夹在里面的书信、便签、老书签，甚至旧纸币拿出来。当然，不是每本书都有这种惊喜，但这种情况并不鲜见。

这也是为什么切尔诺夫策的一家普通书店——至少是二十家书店中的一家——会改名为“二手书店”，实际上成了这座城市的主要书店。它位于主街上无疑也是它受欢迎的重要原因。而且它对面的小路尽头就是切尔诺夫策交响音乐厅，仅一箭之遥。在切尔诺夫策，那些爱读书的人历来也是爱欣赏古典音乐的，因而，他们时常会去交响音乐厅听音乐会。有时，他们也会参加玛丽娜·利巴诺娃在二手书店组织的作家见面会，主角是邀请来的作家、诗人，但他们通常都是站在街上，透过打开的门听里面的人说话。这家书店小到任何时候最多仅能容纳二十人。但是，有一天，有个既爱音乐又爱书的人提议把音乐厅和书店这两个同类拉得更近一些。于是，玛丽娜·利巴诺娃去找音乐厅的高管，获得他们的许可，开始在交响音乐厅办作家活动，就在离音乐厅仅五分钟距离的咖啡区。偶尔，活动谈话的声音会被音乐声盖过，如果狭长的咖啡区另一头的音乐厅正有音乐会演出。但在交响音乐厅里不能安排作家签名环节。所以，活动结束后，玛丽娜·利巴诺娃就会带着作家或诗人以及观众，走出这个格调高雅的音乐殿堂，沿着小路一路走到主街进入书店，形成一个签名的长队。

我最近一次在那里——应该是五年前——花了两个小时，走了同样的路线，从音乐殿堂到书的殿堂。在音乐厅的咖啡区做完谈话，我为每一个要签名的读者签名，然后又在玛丽娜的书店待了半个小时。我想好好浏览一下，也许能再找到一本马塞利乌斯·马丁奈蒂斯的诗集《库库提斯之歌》。问题是我对这本诗集的喜爱“抢走”了这本书。我要求我所有的朋友和相识的人都去读它，和他们分享我的快乐，最终导致有人比我更喜欢这本书。我再也没有见到过它。

我也没有在玛丽娜的二手书店找到它，尽管孜孜不倦地寻找了半个小时。玛丽娜则一边喝茶，一边带着不加掩饰的微笑看着我。最后我放弃了，坐下来和她一起喝了杯茶。玛丽娜和我说起好几个住在城里的人，其中至少有一个人往书店跑了许多次，要找某个作家的一本书，实际上那本书并不存在，是他想象的产物。这让我第一次思索这类城市藏书怪客的存在。我请玛丽娜多讲讲他们的故事。说的时候她的语气是温和的，甚至带着深情，仿佛他们为书店带来了好运，或者他们也是书的世界不可分割的一部分。我记得我尤其喜欢一个人——一个并无恶意的、沉迷欧玛尔·海亚姆[①]的人。许多年来，他定期来书店，每次都问玛丽娜，有没有欧玛尔·海亚姆的书。如果店里恰好有一本，这位绅士就会把书从书架中抽出来，出神地读着，仿佛要读好几年。然后，他把书放回书架，离开。如果店里没有，他就表示遗憾，转身离开，但不久又会回来，请她下次碰到有谁转售欧玛尔·海亚姆的书时，务必替他留着。

我也在乌克兰的其他书店找过《库库提斯之歌》，一无所获。当然，我可以在网上找，那样我肯定早已在无论什么东西都能买到的、千百万买家卖家栖身的网络空间买到了。但是，库库提斯就像他的作者马塞利乌斯·马丁奈蒂斯一样，属于另一个时代，没有电脑的时代。他的世界在并非遥远的现代。他讲述的故事关于第一次世界大战，关于东普鲁士毁于一旦，关于立陶宛的天空，关于他对一个磨坊主的驼背女儿的爱，他要

---

① 欧玛尔·海亚姆（Omar Khayyam，1048—1122），波斯诗人、哲学家、天文学家，著名的四行诗集《鲁拜集》的作者。

娶她。通过互联网寻找通往库库提斯和他的作者世界的“入口”，感觉像亵渎神明。最终，我的固执换来了回报。

二〇〇四年，我的立陶宛朋友阿尔吉尔达斯正在基辅工作。有一天，他买了一架白色钢琴，邀请我到他家验验货。我给他弹唱了几首库库提斯的歌曲。阿尔吉尔达斯大吃一惊，当我告诉他我与库库提斯的“关系史”后，他更为震惊了。“可他还活着，”他听我说作者应该早已去世，马上说，“我们给他打个电话——他是我朋友！”

于是，我的朋友用手机拨通了马塞利乌斯·马丁奈蒂斯的电话。他请我唱库库提斯的歌曲，我唱了，并弹着钢琴伴奏，他则拿着手机放在我嘴边。唱完后，我终于第一次和库库提斯的创作者对话了。马塞利乌斯·马丁奈蒂斯听上去嗓音沙哑，好像来自另一个世界。人的年龄往往会体现在嗓音中。我感觉到马丁奈蒂斯喜欢我的歌，但他妻子格拉齐娜·玛丽亚则没那么有兴趣。她和他一起在维尔纽斯通过电话听了我的“表演”。不管怎样，马丁奈蒂斯开始和我经常打电话，我每年都会向他唱几次歌。每次我总是先喝点威士忌，就像我第一次唱那样。我至今不知道为什么！要么是为了润润歌喉，因为我的嗓子从来都没好过，要么是为了提振一下自信。我坐飞机去过几次维尔纽斯，希望能当面见到马丁奈蒂斯，可他经常生病，谁也不想见。他去世的那天，二〇一三年四月五日，我正和家人在基辅的家中庆祝我女儿加布里埃拉十六岁的生日。

虽然我没能见到马丁奈蒂斯本人，可那年六月我去维尔纽斯时，还是见到了他的遗孀格拉齐娜·玛丽亚。她带我去了他们在郊外的小屋，家里的一切仍是他被送去医院那天的样子——他这一去就再也没有回来。

我至今仍在寻找它，那本我在二十世纪八十年代初遗失的书——《库库提斯之歌》。我寻找它，就像你在寻找一件你并不真想找到的东西。每当我看到一家二手书店，我就走进去，一年总会碰到好几家。我问店员，他们毫无例外总是茫然，因为他们从没听说过这本书，也没听说过它的作者。得到一个含含糊糊的、无法保证的答复后，我就到书架间扫视书籍，要是书架太多，就只选几个看，然后会在失望的叹气中离开。我想书店店员们大概以为我也是一个精神不太正常的书店怪客，在寻找不存在的作家写的不存在的书。但我不在乎。它是我人生的一部分。我爱二手书店。我爱旧书，爱它们的霉味，爱卖旧书的人。我爱寻找我从没打算找到的东西。

我相信玛丽娜·利巴诺娃也记得我在她店里寻找《库库提斯之歌》。如果她确实记得，当这本书出现的时候，她必定会告诉我。她的书店是一个名副其实的珍本书、趣书的聚宝盆。其中有在切尔诺夫策出版的罗马尼亚语书和德语书，但那是在一百年前，切尔诺夫策还属于另一个国家，人们的生活方式完全不一样的时候出版的。还有白俄罗斯语、乌克兰语、俄语书，甚至一些意第绪语的书。有几百年时间，意第绪语曾是切尔诺夫策人使用的主要语言，即便在今天，它似乎仍然非常适合这座城市古老的街巷和鹅卵石路。

总而言之，我现在想告诉你们的是一桩高度机密的事。不过鉴于你们都远离基辅和切尔诺夫策，我还是愿意和你们分享这个秘密的。二〇一三年一月或二月的时候，我问马塞利乌斯·马丁奈蒂斯是否愿意考虑和我分享库库提斯，允许我把他以及他的生平写进我的小说。过去五十年来，马塞利乌斯一直用诗和叙事诗丰富他的生平和故事。他同意了！我的这部以不朽的立陶宛人库库提斯为主人公的长篇小说——关于这个装着木腿、深爱磨坊主驼背女儿的立陶宛人的小说——将在大约一年后出版，而我会选择一些书店和图书馆作为我巡回宣传这本书的活动地点。第一站将是切尔诺夫策，去它最著名的书店找那位红脸颊、圆脸蛋、一头鬈发的店主玛丽娜·利巴诺娃。我会在切尔诺夫策交响音乐厅的咖啡座演讲，然后沿着小路走到二手书店，给每一个要签名的人在我的书上签名，然后在二手书的包围中逗留半个小时或者更久。我会再一次寻找《库库提斯之歌》，再一次沉浸在扮演书店怪客的快乐中，永远寻找一件并不存在的东西。

（由阿曼达·洛夫·达拉赫从俄语翻译成英文）

安德烈·克考夫（Andrey Kurkov）

安德烈·克考夫，生于一九六一年，用俄语写作的乌克兰小说家。他出版过十八部长篇小说和七部童书作品。作品被翻译成三十七种文字，曾为美国《纽约时报》、英国《卫报》、法国《世界报》、德国《世界报》《时代周报》等报刊撰稿。他也写过不少影视剧本。曾经担任国际布克奖评委。他本人曾被评为乌克兰年度作家（二〇〇一年），荣获国际果戈理奖（二〇一二年）等奖项。目前他担任乌克兰笔会副主席、《文化与生活》周刊编委会主任。

赫拉克勒斯之柱

伊恩・桑瑟姆

一九九一年，我从伦敦查令十字街上的福伊尔书店辞职。我在那里工作了两年，要说这两年是不是我人生中最快乐的一段时间，还得取决于我从什么角度看；有时候，这很难判断。

我曾屡屡漫无目的地跳槽，所以只是抱着侥幸心理写了求职信，都没指望会收到答复，令我意外的是书店创始人的女儿克里斯蒂娜·福伊尔要面试我。福伊尔小姐——大家都叫她福伊尔小姐——在她位于书店楼上的豪华公寓面试考虑录用的员工。（书店楼上还有一套顶层公寓是经常扮演女角的著名演员丹尼·拉鲁伊的。有时候可以在福伊尔书店后面的卸货区碰见驾驶一辆粉红色劳斯莱斯的他，穿着灰色雪纺绸，风采卓然，在我们从面包车上卸货的时候冲我们喊："你们好，小伙子们！"）那次工作面试我只记得福伊尔小姐坐在一个巨大的白色沙发上，到处是灯、靠垫和猫。她问我会不会说法语，我回答说会，尽管我唯一可以自信流利地说出的法语句子是“Je voudrais un sandwich au jambon，s’il vous plaît（请给我一个火腿三明治）”。这是我年少时学校组织我们去法国一日游前反复灌输我们学会的，而且在加莱买填充食材的长棍面包时说这句确实管用，可我难以想象在世界最佳书店的外文图书部，说这个能蒙混过关。所幸，福伊尔小姐没有再考我的法语，我被录用了，但不是在外文部；她可能听出我在瞎说。接下来两年，在楼下工作的我时常想起福伊尔小姐，也许她就在我们楼上。我想起《忽必烈汗》中的诗句①：

> 一片荒芜！好像施过魔术，
> 会有女子在下弦月下出没，
> 为她的恶魔情人哀哭！

在福伊尔书店的工作其实并非事业选择，只是一种

---

①《忽必烈汗》是英国诗人S.T.柯勒律治（1772—1834）于一七九八年在睡梦中获得灵感创作的诗歌，是他的代表作之一。这几句诗引自飞白译文。

过渡。根据古老的人事政策，为了避免员工在工作两年后获得任何更高的福利，每个人干满两年就会被解雇。但到那时大多数人早已因为工作太单调而辞职，或因为偷书被开除。我从没偷过书，既因为我胆子太小，也因为我还没有摆脱漫长、紧张、令我筋疲力尽的青少年虔诚教育的影响，在那种观念中，偷窃的想法——不管是偷别人的老婆还是偷他的牛，都是不可想象的；对我来说顺走一本菲利普·罗斯的新书就跟抢银行一样严重。但我的许多同事却能够把他们对文学的热爱和一种随意的肆无忌惮混在一起。这种随意的肆无忌惮在二十多岁的年轻人当中很常见，而且通常比青少年更危险、更随心所欲，因为他们既有青少年轻浮的冲动和欲望，也会即兴随时付诸行动。他们会想出各种偷书的花样：有人把书扔出窗外给在下面接应的同伙；有人拿着书径直走出书店，直接卖给查令十字街上距离远些的、靠近莱斯特广场的二手书店。不过，大多数人偷书只是自己用，他们会把书拿到员工洗手间，放在包里或者塞在衣服里面走出去。我认为这种行为是错的——我当然这样认为——这种行为也不符合他们的身份；正如前宗教狂热信徒之中常见的那样，我渐渐从一个一本正经的人转变为一个唯美主义者。如果有一种更美好、更干净、审美上更取悦人的偷窃方式，我大概早已抵挡不住诱惑了。

我喜欢在福伊尔书店工作。我和一个名叫亨利的中年捷克流亡者一起待在商业经济图书部。亨利并非他的真名，但他不肯告诉我们真名：他说发音对我们来说太难了。亨利经常说起在共产党统治布拉格之前他在那里的生活，也轻蔑地说起瓦茨拉夫·哈维尔，我不记得他为何蔑视：要么是因为他太自由主义，要么是因为不够自由主义。亨利就像我的精神导师，他是我在工作环境中碰到的第一个我真心尊重的人，是那种直率、严肃的人，会教你人情世故，跟你说粗俗的笑话，但也睿智、温和、博览群书。我和亨利以及商业经济图书部的其他人常常一起会见出版社的发行员，用锋利的刀割开装满书的纸板箱，谈论人生、宇宙和一切话题，过得很开心。下班后，我们有时会转移阵地去福伊尔书店出门拐角那个叫“赫拉克勒斯之柱”的酒吧。这酒吧跟文学有着各种关联。伊恩·汉密尔顿曾在这里编他的杂志《评论》和《新评论》，我读过文章讲小说家、诗人忐忑地攥着稿子来到酒吧给烟酒不离的汉密尔顿看稿。“赫拉克勒斯之柱”真的只是你在伦敦随便就能碰到的酒吧，但在我心中，它似乎具有一种不可思议的、难以置信的魅力。即使汉密尔顿和《新评论》周围的那些人在我来之前早已远去，而我对这里最深的记忆是在洗手间呕吐，还有我在这里第一次看到有人喝酒把自己喝清醒了。亨利经常晚上喝酒喝到一定量时，开始口齿不清，用捷克语大喊大叫，然后突然清醒过来，又切换到英语。这种逞能式的喝酒——毫无意义的自残行为——在某种意义上也是男人自由意志和尊严的宣示。他想念布拉格。

和亨利在商业图书部工作，也是我与商业最近的接触，反而让我有更多时间读书，无论是过去还是现在都不再有这样的机会了。我读的大部分是商业书——诸如《谈判致胜》《成吉思汗管理法》这类我可能始终学不会其中奥妙的书。有时候，这类书的作者会事先不打招呼自己来到商业经济图书部，给他们的书签名，或者试图说服我们备更多货：他们是我最早遇到的作家，而且我惊讶甚至震惊地发现，他们看上去都是些不修边幅、神色绝望的男人，穿着发亮而皱巴巴的正装，脸也是发亮而皱巴巴的。我以为作家的形象不应该是这样的，应该更好，像“赫拉克勒斯之柱”酒吧里的伊恩·汉密尔顿，或是亨利·詹姆斯、奥斯卡·王尔德那样，穿着晚间便服，妙语如珠。我没想到他们有名片和手机，也没想到他们竟想忽悠我成批采购他们很快就会变成库存的书。当然，现在我更内行了。

在商业图书部工作时，我还开始读亨利推荐的捷克小说家——卡雷尔·恰佩克和伊凡·克里玛，博胡米尔·赫拉巴尔和约瑟夫·史克沃莱茨基。我喜欢史克沃莱茨基，虽然我可能永远读不出他的名字。我崇拜恰佩克，但我热爱赫拉巴尔，至今都爱。无论是好是坏，阅读赫拉巴尔造就了今天我这个作家。我还开始阅读许多以前没有真正阅读过的美国小说家，就从一楼的小说部拿上来的——唐纳德·巴塞尔姆、辛西娅·欧芝克、托马斯·品钦、威廉·加斯。我读约翰·厄普代克。我读菲利普·罗斯。我读索尔·贝娄。读所有“通常可疑的人”。我每天所有的时间——除了一个工作日和星期天之外——都是跟同事谈话、阅读，同时尽量避开顾客。

福伊尔书店的商业图书部以前在五楼，和戏剧音乐部和宗教哲学部相邻，所以我也阅读，至少是浏览了周围各个书架上的书。在那里，我第一次读了笛卡尔和理查德·罗蒂，第一次看了关于爵士乐和蓝调音乐的书，第一次发现威廉·詹姆斯和格肖姆·肖勒姆，听出了水童乐队《渔夫蓝调》专辑里的和弦序列。渐渐地，我把书店看作我的个人图书馆。它比任何大学图书馆都好：没有借书量的限制，书架上的书都是最新的。我常常把要读的书堆在收银台下面，小心翼翼地读，避免把书脊弄破。在福伊尔书店我唯独读得不多的书是诗集。诗集的书架在一楼，就在那些穿着正装的《不列颠百科全书》销售员的旁边——那里潮湿，光线又暗。我不需要诗歌的半明半暗：福伊尔五楼就是我的世界。在那里，生活是美好的，生活是甜蜜的。

后来有一天，我以前上学时的经济学老师到书店来了。我一直都喜欢她。她叫莱根小姐。我五年级的时候，她有一次来到教室，告诉我们，她改名字了，以后我们得叫她库兹哈纳尼夫人。她把这个名字写在黑板上。传言她在地铁里遇到一个伊朗学生跟她说，他需要签证，她就答应了跟他结婚。这当然是可能的；她是一个特别的女人。她穿灯芯绒裤、防风厚上衣，发型是琼·贝兹式的，不过她比琼·贝兹年轻二十岁。她的雪铁龙 2CV 的汽车保险杠上贴着全国教师工会的贴纸，上面写着："如果你会读这句话，应该感谢老师。"她曾经发给我们《社会主义工人》在课上读，也会告诉我们矿工的罢工和自由市场经济的罪恶。还有传言说，她在晚上和周末会到南伍德福德的电影院当领座员。在学校我们只被允许学“社会”经济学之类的课——毕竟，那是一所公立综合中学——但库兹哈纳尼夫人邀请我们少数几个人在午餐时间和放学后学习“纯粹的”经济学，她给我们介绍的是卡尔·马克思的思想。最后，她离开了学校——难道一册《社会主义工人》就过分了？——我们来了一个穿着套装的男老师，他更推崇弗里德里希·冯·哈耶克。如果我们以前还不是社会主义者，那么这之后就是了。

“你在这里做什么？”在书店遇见库兹哈纳尼夫人时，她问我。多年不见，她还是那种发型，还是穿着灯芯绒裤。“你在虚度生活，”她说，“你对自己和他人都有责任做得更好。你要为社会做贡献。”我想，在福伊尔书店工作就是我为社会做贡献。

中学毕业后，经过几次失败的工作，我最终去上了大学，学英文。如同大多数英文系学生一样，我选择英文专业是因为我在中学英文就很好，至少我喜欢读书，而且在中学，喜欢读书和“学英文”这两件事是重合的。当然，你接受的教育越深入，这两者之间的差异就越大，直到你遇见的人是研究“近代文学没落”的博士，他痛恨阅读，痛恨作家，几年中读的书没有一本是为了消遣或纯粹的好奇。不幸的是，要等到你真的上了大学，开始阅读文学理论和文学评论之后，你才会意识到你的错误，此时为时已晚。我曾三心二意地考虑改学神学或者艺术史之类更有用的学科，但最终还是没有改，即使有一个老师在我大学第一学期就跟我实话实说，我是“他不幸教过的口齿最不清的学生”。我把这视作一种挑战——他大概也是这个意思。我花了三年时间学习如何用好标点，矫正我的河口英语[①]口音。

大学毕业后，我结婚了，四处旅行了一阵子，又恢复了说话带喉塞音的口音，放弃了如何使用分号，干了许多奇怪的工作，和妻子搬到贝尔法斯特，作为家庭教师教成年人认字，最后又搬回伦敦。我学了一门英语作为外语教学的课程，妻子则在珠宝商店 H. 塞缪尔当店员。我们快乐地过了几年平淡的日子。接着我就得到了福伊尔书店的工作，我妻子则被一个见习培训项目录取

① 河口英语（Estuary English）是英国东南部泰晤士河沿岸和河口地区广泛使用的英语方言。

了：生活在变得稳定；也越来越好。

福伊尔书店的一大好处是你每周都能拿到装在棕色小信封里的现金薪水，所以这像一个真正的工作，就像你在工厂或造船厂工作一样。这是我生平第一次也是最后一次感到我靠自己承担了生活的责任。我爸爸、我爷爷在他们工作的时候，肯定也是这样的感受——我觉得我在支撑一个家。加上销售提成，每星期可以挣一百五十到一百八十英镑，比以前挣得多。当时，我们住在水晶宫地区的一室户公寓里。房间非常局促，跟隔壁公寓之间仅隔一层贴着墙纸的纤维板：邻居家的女人喷体香剂的声音我们都能听见；她在家招待男性客人的时候，我们就去酒吧。偶尔我们去西诺伍德一家便宜的中餐馆吃饭，去布里克斯顿购物，去斯特里汉姆看电影。

正是在那时，库兹哈纳尼夫人的出现改变了我的生活，毁了一切。也许她是对的。也许我是在虚度生活。也许生活不应该仅仅是避开顾客、随意读书、在“赫拉克勒斯之柱”挥霍薪水。

于是我离开了福伊尔书店，多年没有回去。后来，有一年圣诞节，我在伦敦看望家人，心想我可以去商业经济图书部看一眼亨利。我直奔五楼，果然，他还在那里，躲在收银台后面，于是我们去了“赫拉克勒斯之柱”叙旧，就我们俩。我们谈论书籍，谈论书业。他告诉我打算回捷克斯洛伐克老家，开一家工厂生产手套，或者啤酒、塑料，或者其他什么东西，我说再见到他太好了，他也说再见到我太好了，我们应该快点再聚。那天晚上我回到家，打开包发现里面有一大瓶白兰地——肯定是在酒吧时，他趁我上厕所的时候买了偷偷塞进我包里的。真是太周到了。

六个月后，我搬回伦敦居住，又去找亨利，直奔五楼，但这次他不在，无影无踪。那里工作的人都没听说过他。我始终不知道他真正的名字，自那以后再没见过他，没有收到他的信息，当然我也不再指望了。福伊尔书店如今也不在了：不再是原来那个福伊尔。它搬到了查令十字街上相隔几个门牌号的圣马丁艺术学院旧址，和伦敦城里其他精品书店没什么区别。它奇特的、会造成顾客像苏联那样排两次队的支付系统消失了，厚厚几大本红色封面的《惠特克全国在版图书书目》也消失了，当然，标配式的咖啡店是必然有的，还有扫描仪、电脑和一个网站。生活在继续，一切都会改变，哪怕是世界上最伟大的书店。

我最近一次在伦敦时，带儿子去“赫拉克勒斯之柱”喝了一杯。“这里就是一切开始的地方。”我们经过福伊尔书店旧址时，我说。尽管我也不确定究竟什么是在那里开始的——也许根本不是开始。也许它就是终点。

伊恩·桑瑟姆（Ian Sansom）

伊恩·桑瑟姆，小说家、记者和电台主持人，著有“移动图书馆”系列小说（Mobile Library）。他的非虚构作品包括《关于婴儿与纸的真相：一部挽歌》（*The Truth About Babies and Paper: An Elegy*）。他最近出版的书二〇一六年的《独自在威斯特摩兰》（*Westmorland Alone*），这是他计划中由四十四本书组成的系列小说“英格兰诸郡指南”（The County Guides）中的第三部。

两家书店的故事

胡安・加夫列尔・巴斯克斯

1

一九九三年年初，一个天空格外湛蓝的仲夏日，我回到大学继续读我的法律系二年级课程。我原本以为自己注定会成为律师，尽管我从小最感兴趣的，除了足球，就是小说，那些我读得好像命都要靠它们拯救的小说。但是在学习罗马法民法典及其附注的那些年，事情起了变化。没有人知道使命感是怎么来的，或者命运是以怎样的形式出现在它的苦主面前的。就在我从第一年向下一年过渡的时候，变化发生了：我发现我对小说的热爱并不只是作为读者的热情，而是要献身于创作小说。我开始翘课，不仅因为那些关于合同或民事诉讼法的课快把我闷死了，还因为在波哥大市中心有几家书店。我去逛书店就像病人去看医生、少年犯去收容所。我跑得最勤、也是离大学最近的那家书店叫莱内尔书店。

莱内尔书店一直都拥有一个宽敞的一层空间：塞满书的展示橱窗环绕着街区的整个拐角。但那是一个奇特的拐角，因为书店所在的那栋位于希梅内斯林荫大道上的楼，是一幢有点像船的宏伟建筑，形状是不规则的。它狭长的“船首”曾经是《旁观者报》报社。加西亚·马尔克斯在回忆录《活着为了讲述》中写道：每天都有一个报社职员从窗口探出身子，挂出一块黑板，上面用粉笔写着即时要闻。当时的人就是这样知晓世界大事的；要是他们想知道更多，就得买第二天的报纸。不管怎么样，从我决定成为作家到一九九六年离开哥伦比亚（去努力成为作家）之间的那三年里，我每周至少三次从这个拥有辉煌历史的辉煌“船首”前经过。我走过整幢建筑的“船首”，走进莱内尔书店，如果时间不多，我会在一层迅速浏览一圈，如果时间充裕，就会到楼下在地板上坐几个小时，翻阅我挑出来可能会买的一沓沓书，像所有的小说学徒一样，想象着我自己的书也在其中，在书架中等待被某个不设防的读者翻阅，乃至买走的那一刻。

对于作家来说，书店是使他脱胎换骨的地方。当别人请一个作家说出他最喜爱的书店，他选出的往往并不是他去得最多的书店，而是那些激发出他怀旧之情的场景：对写作起步阶段的怀旧。他会想起那些艰苦岁月里，他的文学理想还停留在不知出路何在的渴望，因为从学徒到小说家，并没有明确、必然的方法。所以，带着二十岁的满腔热情，我去了莱内尔书店。我通常会一头钻进一层的书架之间，那里的光线并不是读别人写的书最理想的位置，而我想的是我自己的书出现在这里的奇迹——那本我甚至还没有想好，没有动笔写的书——有一天它会在那些书架上，按照字母表顺序紧挨着它的邻居：马里奥·巴尔加斯·略萨[①]。当时我发现字母表有一种隐含的魔力，因为巴尔加斯·略萨是我当时心目中的大师，我的楷模：他就是我想成为的那种作家。多年后，作家圣地亚哥·冈博亚向我透露他想象有朝一日他的书能够毗邻加西亚·马尔克斯的书[②]——正如今天书店里摆放的那样——就有一种说不出的兴奋感；还有

① 马里奥·巴尔加斯·略萨的姓是“Vargas Llosa”，而本文作者胡安·加夫列尔·巴斯克斯的姓是“Vásquez”。

② 加西亚·马尔克斯（García Márquez）也是姓，故与冈博亚（Gamboa）排在一起。

作家安东尼奥·萨拉比亚，也因为意识到自己和影响他最大的作家若泽·萨拉马戈在书架上做邻居而特别高兴。即使到现在，每当我重返一座曾经居住的城市，到某家书店找一本巴尔加斯·略萨的小说——比如巴塞罗那的中央书店或拉耶书店、巴黎的文学树书店、列日的帕克斯书店——看到我的书和他的书比肩而立，我就想起过去的那些岁月，惊觉这些年发生的一切。这种惊觉也是那些书店带给我们的。

莱内尔书店里一直都放着好几把皮质扶手椅，让人感觉好像是在谁家里的客厅，而我们读者坐着，就感觉像是在一个好客的人家里参加大派对。这种感觉在今天许多书店里是找不到的，在这些书店里，读者好像被视为入侵者，进来浪费时间，可能什么都不买，而店员对浏览书籍这种神圣的习惯不以为然，也许是因为他们从没这样做过。而坐在那些扶手椅中，我会计算自己作为学生的零花钱，在钱包允许的情况下，尽量选对自己想要的书，完成几个小时的神游。就是在那里，我决定买联合出版社[①]低价平装版的昆德拉《不能承受的

① 联合出版社（Alianza Editorial），一家西班牙文学出版社，创立于一九六六年。

生命之轻》、加缪的《局外人》；在那里，我翻阅了赫尔曼·布洛赫的三卷《梦游人》，但卢门出版社的版本当时对我来说太贵，我只能等哪个好人在我下次过生日的时候作为礼物送给我；在那里，我还发现一本阿道夫·比奥伊·卡萨雷斯访谈录《到写作的时候了》，我买了它，从此凡是作家访谈我一概都爱。访谈人问比奥伊·卡萨雷斯，写作的时候是不是就废寝忘食不过日子了。“不，”比奥伊回答，“我认为恰恰相反。我敢建议别人写作，是因为写作就像是给一个人生活的房子增添一个房间。人要有生活，也要思考生活，那也是热情生活的一种方式。”

再往后几页，我用绿色的笔高亮标出了其中的一句话。访谈人要比奥伊谈谈他不喜欢的早年作品。比奥伊说：“当时我真心喜欢的是文学，我觉得它是我的家园，我要加入它的世界。”

我从莱内尔书店的地下室走出来（日光照得我眼睁不开），想着他的话，对，就应该是这样：文学是我的家园，我要加入它的世界。

2

在我那段成长的岁月里，波哥大只有一家书店能与莱内尔书店争夺我的忠诚。在它北面相隔七十六条街的中央书店与莱内尔书店截然相反。一方面，它位于安静的中产街区，而不是繁忙的市中心，虽然书店并不小，可全部加起来也不如莱内尔书店的地下室大。另一方面，它不像莱内尔书店那样是我自己发现的，而是某种父辈的传承：我父亲很久以前就认识店主，并且是多年忠心耿耿的老主顾，因而他可以不付钱就把书带回家，到月底再结账。我也继承了这一特权：我不记得是从什么时候、怎么开始的，总之，有一天我开始掏钱买下里面夹着一张横格纸、上面只有我签名的那些书，不止一次，我不得不把我一整个月赚的钱攒着，最后买下这个月里没有考虑账单累加、只顾签名拿回家的那么多书。

中央书店的店主是两次世界大战之间从奥地利来到哥伦比亚的一对犹太夫妇，汉斯·乌加尔和莉莉·乌加尔。一九四七年，年轻的汉斯经常去现在已消失的圣菲巷逛一家书店，离我的大学仅一箭之隔。那家书店老板去世后，他的遗孀建议汉斯接管书店，但他得在那里工作，用微薄的薪水来抵书店开支。好多年过去，中央书店又搬迁了几次，它在我心目中占据了重要的位置，最终我把它写进了我的小说《告密者》。小说中的叙述者出版了一本书，关于二战时期在哥伦比亚的德国人，既有纳粹同情者，也有犹太难民。当读者读到叙述者讲述他的写作素材来自一个名叫萨拉·古特曼的女人时，她已经死了：

> 书已经出版，我在电话答录机里听到了莉莉的留言。她邀我去书店一叙，语气非常严肃，简直可以说是急迫了。我心想，这次的邀约在某种意义上应该与萨拉·古特曼不无关系，或者至少也是同她那未曾实现的、以哥伦比亚统治者暗中进行的反犹主义为题材的讲座相关联，因为洛佩斯·德·梅萨为了防止犹太人过量拥入哥伦比亚颁发了禁令，而（大家都知道）汉斯·乌加尔便是禁令的直接受害者之一。他每每都会在采访中、在日常谈话里面提及，自己的父母死于收押德国人的集中营，而他们的死在很大程度上要归咎于没能取得哥伦比亚的签证。不过，这签证他拿到手了，于是在一九三八

年，他被这个国家允许入境。事情就是如此。我去赴约时见到了汉斯跟莉莉两个，他俩正一块儿坐在桌边。那张桌子是灰色实心的，就摆在波哥大的德国人开会的位置。桌上放着一台旋转号盘电话机，还有一部老旧的打字机——雷明顿牌，又高又重，活像一座圆形阶梯剧场。书店就是靠这些东西做生意的。陈列窗中，搁了三本我的书。莉莉身穿酒红色的高领毛衣；汉斯则是西装领带，此外还有一件菱形图案的绒线衫。①

我肯定是在二〇〇三年年初写下这段文字的。当时我已经在哥伦比亚之外生活了七年，还要再过九年我才回国。虽说如此，有时候，假期我还是回去的；在那些短暂的回国期间，我不止一次去了中央书店，确定我所描述的就是我记忆中的模样。确实没有变——只有一桩例外。灰色实心的桌子还在，打字机和电话机也还在，在手机出现之前的日子，我还用电话机打过几次急电。但二〇〇四年，我在小说出版后第一次去书店的时候，

① 引自《告密者》。（胡安·加夫列尔·巴斯克斯著，谷佳维译，人民文学出版社二〇一二年版）

莉莉·乌加尔向我抱怨她始终耿耿于怀的一件事。她告诉我，汉斯确实如我在小说中写的那样，在二十世纪四十年代的好几次采访中，说过哥伦比亚当局的反犹主义观点。但这么多年过去了，他的观点已经改变，或者他认为用那些措辞表达观点是错的。我不应该未经他的同意就把他这样一个现实中的人写进小说里，也不给他机会修改被我写进书中的他所说的话。莉莉生气了，我很遗憾。对话以一句对小说家的指责结束：

“而且，汉斯从没穿过菱形图案的绒线衫。”

那次对话已经过去了很久，中央书店我去得越来越少。但我会充满温情地想起那些不付钱就把书带回家、买书就像有种豁免权的日子。某一天，我带回家的书里就有阿尔弗雷多·布赖斯·埃切尼克的《短篇小说全集》；有《乔伊斯的诗学》(英译本书名改为《混沌的美学：詹姆斯·乔伊斯的中年》)，这是翁贝托·埃科的一本学术书，我读了好几遍；还有德勒兹和加塔利的学术书《卡夫卡：走向少数族文学》，这本我始终没有读。在中央书店，我买了卡洛斯·富恩特斯早期的短篇小说集《假面具的日子》(三千一百比索)，维尔纳·耶格尔的《教化：希腊文化理想》(一万八千八百比索)。我买的这些书售价都是用铅笔手写在书上的，但不知道是谁写的。也许是那个在收银桌旁等我的女人埃斯特拉，她不是叫我在赊账的清单上签名，就是忙着记下我异想天开想订购的书。如今，网络购物剥夺了我们的这种乐趣：没有找到书，然后要书店订货，为它等几天、几个星期甚至几个月。网上买书迅速送达的便利对我来说很无趣。为了找一本书跑几家书店，像对付狡猾的猎物一样追踪搜寻它，仍然是我的乐趣，并且一点一点地把我变成一个不可救药的爱书人。

在我的小说中，叙述者坐在一张灰色的桌子前，开始给他自己新出的书签名。我从未在中央书店签名过，但我有时依然会回到书店，确认我的书在那里，在巴尔加斯·略萨和巴斯克斯·蒙塔尔万的书之间，暗自感到满足，依然津津有味地看着书架的布局和我感兴趣的书被放置的位置，也依然遗憾自己不懂德语，无法阅读汉斯摆放在一张特殊桌子上的书。桌子放在书店后面靠右的位置，像一个失落的国度中无人认领的信。我也依然对这个地方充满崇敬之情，在它的方寸之间，我从纸质书中获得了那么多快乐，感谢它还活着，还在乌加尔家族手中，七十年了。如今，面对把书当成吹风机一样卖的网络书店的竞争，面对无数当代读者，也就是随意传输电子文档、认为文学非常重要但为文学付钱又似乎是不公平的那些人，它没有沉沦。

3

随着时间推移，我最喜欢的书店名单也会因我所在之地的不同、需求的不同而有所变化，但这两家，莱内尔书店和中央书店，以及波哥大几家新的书店，比如“养兔场”书店或威尔伯拉达书店，始终在我的名单中。我对它们的需求始终不变。最好的书店是相会的地方，是文化交流的空间，属于比奥伊·卡萨雷斯说“文学是他的故乡”时他心中所想的那个世界；然而，书店也应该是（至少对于我）当我孤独时别无他处可去、可以让我独处的地方。我会去我最爱的书店——纽约的斯特兰德书店、利马的总督书店、伦敦的当特书店——在孤寂中消磨时光，在逝去的时光中找到什么。一家好书店是这样一个地方：你为了找一本书进去，出来时却买了你原本不知道存在的书。文学的对话就这样得以拓宽，我们体验的疆界就这样在反抗局限中向外推进。这是网络商业从我们这里剥夺走的其他东西：在一个网站上，我们什么都发现不了；不会撞见某本意想不到的书，因为算法已经推算出我们在找什么书，然后引导我们——没错，精准地——只去我们已经知道的地方。

所以你看，书店已经是我小说家人生不可分割的一部分。不仅因为我在那里发现了我敬仰的大师们，也因为我的小说家人生可以体现在一系列的书店场景中。比如我还记得一九九七年来到巴黎塞纳街上传奇的西班牙人书店。那天我带了七本已经被人遗忘的、我的第一部小说，放在那里寄售；一个月后我回到书店，发现卖光了（由西班牙共和派流亡者创办的西班牙人书店，比佛朗哥多活了好多年，但未能在互联网时代幸存下来）。我还记得在海伊镇的一家书店，发现了一本积满灰尘的书，里面夹了一名美国和平队志愿者从哥伦比亚寄出的几封信。那本由私人出版、在二手书店的书架上意外发现的书，最后在我写《坠物之声》时成了我的关键文件。最好的书店就是偶然性法则大放异彩的地方：你会邂逅你日后才会知道其价值的书。而一个读者的生活，除了别的之外，就是由这一连串巧合构成的。

（由安妮·麦克林从西班牙语翻译成英文）

胡安·加夫列尔·巴斯克斯（Juan Gabriel Vásquez）

胡安·加夫列尔·巴斯克斯，一九七三年生于波哥大。他著有短篇小说集《万圣节的情人们》(*Los amantes de Todos los Santos*)、《为火而歌》(*Canciones para el incendio*）和五部长篇小说《告密者》(*Los Informantes*)《科斯塔瓦纳秘史》(*Historia secreta de Costaguana*)《坠物之声》(*El ruido de las cosas al caer*)《名誉》(*Las reputaciones*）和《废墟之形》(*La forma de las ruinas*)。二〇一一年出版的《坠物之声》获西班牙丰泉小说奖、国际都柏林文学奖；《废墟之形》入围国际布克奖。他也曾把E.M.福斯特、维克多·雨果等作家的小说翻译成西班牙文。他的作品已被翻译成二十八种文字出版。

莱特纳和我

萨沙·斯坦尼希奇

你好，我叫萨沙。我想跟你说说莱特纳。

你好，萨沙。

我初来乍到，没什么可以信任的人；我以为在那种环境里会很容易碰到那种自以为是的百事通，或者爱显摆的人，甚至更糟，那种跟我格格不入的人。可我得找一个将来可以信任的人。难道有人喜欢随便换卖家吗？

没人喜欢。

千真万确。

干我们这行的，相互喜欢还不够，还得有信任。你有货，另一方要你供货。要是你的愿望不清晰——你不知道到底要什么——事情就会变得很麻烦。大多数时候，我就是这样。我大概知道我想要哪种效果，可不知道那种货的实际名称。

我也会感到难为情，即使搬到新的城市，可是要再次跟自己和一个陌生人承认："是的，我家里是有货，甚至还有实验室可以自己制作这种东西，但这还不够，我还要新的货。很老的也行，我的口味挺多样的。"

首先，我害怕别人问我有没有试过这种或那种经典的货，因为我基本上都没试过。那太糟了。我还得告诉别人我不喜欢在店里买。我跟莱特纳的前任达成过一致意见，我可以在他那个店开门前或者关门后去。接近别的客户使我感到害怕。就那意思。我想单独挑选。没有比这更私密的了。

我能理解。

谢谢你，于尔根。

换句话说，要不是莱特纳想把我变成经常光顾的客户，他怎么会把他最好的一面展现出来呢？毕竟，谁都知道，干他这行风险很大。

那很可怕！

对。

如今越来越多人戒掉了，或者他们通过别的手段满足了需要。我得承认，在我搬到新城市的过渡阶段，我试过直接从生产商那里弄点货应急。我甚至曾经向许多独立中间人畏惧的大经销商求助。他们确实卖给我了好东西，但我不能否认，他们使我感到不安。

我知道那种感受。

我觉得我让某些人失望了，可当时我还不知道有人在意——那个人就是莱特纳。最后是他主动联系了我。他说愿意专门为我组织一场小型销售会，那样我也可以向他的客户介绍我自己的货。他很慷慨，你说是吧？

哇！

你知道的，我试过手，自己制作，市面上有三种我制作的货。有些人喜欢，有些人不喜欢。生活就是这样。

我喜欢第一种。感觉真的很好。

谢谢，乔安娜。

确实很棒。

谢谢。

但是，让我自己销售——那不是我的本事。向市场推销，让我感觉不自在。年复一年，每年都有很多新鲜的东西上市，而我在其中，像一个出租车司机在大城市里来来去去只认识三条道。

莱特纳邀请我在他店里介绍我的货。时间是月底，我的钱袋子快见底了，我不得不欢迎任何买我货的人，所以接受了邀请。

他握手的感觉完美，既不那么用力，也不是软绵绵的。显然我得留神。你得避免和握手完美的人较量，他们握了无数次手才达到这种完美的效果。

我到得有点晚。我们径直去了隔壁的果汁吧，各自要了一杯用我叫不出名字的水果榨的果汁。莱特纳刻意避免任何可能涉及货的话题。估计他是不想烦我。我倒宁愿在这件事情上，我们的关系是倒过来的，他有求于我。可能他自己都不信任我。也可能他想先听听我怎么讲我的货，再决定他需要给我什么报价。

我决定讲完就迅速走人。我可不想跟一个那样握手、对这个买卖表现得并无兴趣的人有什么关系。

他的店里都是人。有些是叫来的朋友，有常客，也有偶然的过客。我给他们讲了几个样品，获得了礼貌的赞赏，然后以一杯酒结束了当晚的活动。

莱特纳胡子刮得很干净，比我大不了几岁，总是穿着衬衫、牛仔裤，在他的架子前转悠，似乎对拥有如此多的货并不怎么自豪，甚至在谈话时显得腼腆、内向。

我偷偷环顾四周。他公然拿出了几百种货促销。除了那些会引起客户极其复杂反应的硬货，也有像“浮士德”这种已经强制分发给学生几十年的大路货。

最有名的奥地利生产商，伯恩哈德，占了一整个架子。他的东西不是人人都能够消受的，很难下咽，容易产生讨厌你自己国家的副作用，尤其当那个国家是奥地利时。

还有些货被陈列在店的中央，大多数生产商我没听说过。估计是时髦货，在市场上轰动一时，然后迅速消失。我有点失望。在我看来，优秀的卖家不需要卖流行的垃圾。

再看一遍，我就知道自己犯了无知的错误，也确定我根本不懂销售。这些不知名的货的确出自无名之辈，但基本上都不是刚上市的新产品。莱特纳和他的导购们陈列在这里的是他们最喜欢的产品，每一件都附有一张纸条，上面列出它的功效和副作用，便于我这样没有头绪的顾客挑选。

突然，我感到这位卖家的手在我手臂上碰了一下。反正我一直觉得他在注视我，好像在等待行动的时机。现在他出手了，提醒我注意一件货，“肯定会带来一种动物王国的新体验”。他拍拍它，说：“适合你的角色。”

这件货叫“驴”。

我大感困惑。我是喜欢驴，可它们并不以优良品质著称。而且他只认识我一个晚上就对我这么主动，我也是服了。

我说我会买这件货。他向一个年轻女士招招手。她带我来到店后面的老式收银台。我犹豫了，托词说我改主意了。等我再次来到店前时，莱特纳不在了。

第二天，我家门外放了一个纸袋，里面是件旧货：莎士比亚。没什么特别的，也很保险；我藏有不少莎士比亚，可从未十分欣赏它。我更喜欢迅速见效的东西。可对莎士比亚，我无法摆脱那种复杂的、感觉无处不在的、过于纠结的朦胧印象。

再仔细查看，我才发现那是一件罕见的德国货，一九二三年版的“罗密欧与朱丽叶”。经受了岁月的洗礼，它的状况仍然良好。在地铁里，我试服了几行，感觉极好，而且我的精神药物实在的外貌明显与地铁里其他乘客沉浸其中的电子药物不同，真令人高兴。

纸袋里夹带的名片说明这件礼物来自莱特纳。上面除了电子邮箱地址，他还写了一句："如果您还需要其他的……"

我害怕这种见面。不过因为我要某件东西，我给莱特纳打了第一次电话。他没有提议去他的店里。他要卖的肯定是好东西，不一般的东西。那个星期我已经逐字逐句享受了那件完美的莎士比亚，足以证明他的实力。他的店在镇的另一头。

一星期后，"罗密欧与朱丽叶"的药效消退了。我迅速尝了一剂凯曼，这个名字神神秘秘的东西"F"①药效发作的时候，把我变成了一个骗子、诈骗犯和魔术师。

但我想要纯粹的情绪。我还记得几年前尝了一种"和环球小姐约会"②的鸡尾酒以后，有一种混杂着羞耻、仇恨和幸福的强烈感觉。其中一种成分叫"腿"。我想尝尝其他成分。可是在网上搜索发现，这种东西的硬货

---

① 这里是指德国作家丹尼尔·凯曼二〇一三年出版的小说《F》。

② 《和环球小姐约会》(*Dating Miss Universe*)是美国作家史蒂文·波兰斯基(Steven Polansky)的短篇小说集，《腿》是其中的一篇短篇小说。

贵得要命，软货很难找[1]。生产商叫史蒂文·波兰斯基。

然后我就想到莱特纳。我给他写了一封电子邮件，告诉他网上的价格，说我付不了这么多。我想他至少要这个价，那就先把路堵死，逼他让步。

为什么？

好问题，于尔根，我不知道。

莱特纳马上回复了。

“没问题。星期一怎么样？地点？”他好像就等着我提要求似的。我吃了一惊。当然我现在不能打退堂鼓。我提议去我家附近的一家咖啡馆，星期一早上，这样整件事看起来像两个熟人上班前的一次普通会面。

他比我先到，坐着等我，面前一杯黑咖啡，旁边放着一个纸袋，里面当然就是带给我的货。

“就这么简单？不会吧？”我说。

“那得看你说的简单是什么意思。”他答道，把桌上的纸袋推给我。

我壮起胆子往袋里瞥了一眼，真是一件硬皮的波兰斯基“和环球小姐约会”。账单也在里面。他的收费比

---

① 这里的硬货、软货指的是书的精装版（硬皮）和平装版（软皮）。

网上的售价低很多。

“你怎么办到的？”我问。

“另一件送你。”莱特纳答非所问。

袋子里果然还有货。“愚人学校”，生产商叫索科洛夫[1]。

我对这个名字毫无概念。莱特纳究竟是怎么知道我会说俄语的？

生意上的话都说完了，我便结束了这次会面，直接回家，放下窗帘，把“愚人学校”从头到尾一顿猛吸。我觉得那是我迄今为止这辈子最美妙的体验。那是一种狂野的、肆无忌惮的体验，使我突然拥有了俄罗斯人的思维方式，进入一段充满象征、符号和精妙反讽的旅程。

天哪，莱特纳怎么这么不可思议？这个人只要跟顾客见一次面，就能这么了解知道对方的习惯——如今你

---

① 萨沙·索科洛夫，俄罗斯后现代主义作家，一九四三年生于加拿大渥太华，因其外交官父亲被指控为苏联间谍而被遣返回国。他在莫斯科长大。他二十世纪六十年代以地下形式在苏联出版的第一部小说《愚人学校》被视为俄罗斯早期后现代主义文学的经典之作。索科洛夫于一九七六年到美国后就一直生活在美国。

上哪儿能找到这种人？还会送礼物讨好你，制造小小的惊喜吊着你的胃口。我能看穿这种花招，但我想：这也很好——我喜欢礼物和惊喜。

我准备向莱特纳下一个新订单。“像索科洛夫那样的，但要美国货。”

这次他的答复过了一阵子才来。就在我开始担心我的要求太过分、太含糊的时候，莱特纳发给我一个十个生产商的产品名单，每人一种，没有一句评论。我就从我知道的名字开始看：巴里·哈纳。随后的几个名字我也挺熟悉。我存货的房间里都存有他们的某种货。可莱特纳在名单上列出的那些货，我都不知道。他仿佛是看着我架子上的货，给我填补收藏的空缺。

在名单下面，他写道：“时间、地点？”

我们又一早在那家咖啡馆见面。他还是用纸袋装货，价格又低得不得了。我订了单子上我从没见过的三件货，第四件是莱特纳送给我的最后一件礼物。既然我已经被他俘获，他就没有必要再送我礼物了。

那天早上他很快就走了。我透过窗子目送他：穿着牛仔裤、衬衫，背着背包。这个其貌不扬的男人拿着手机，打了一小会儿电话，又把它放下，然后从我视野中消失了。

* * *

离我们第一次见面整整一年过去了。我再没去过他的店。相反，我喜欢这样专门针对我提供的私人服务，他会直接劝我别买他吃不准效力的货。我问他“纯真”[①]怎么样，他就发给我一条七分钟长的网络视频链接，视频展示了一架老式螺旋桨飞机起飞失败的过程。

我本来以为我可以跟你们说说我的卖家。

现在我已经不是这里的新客户了，可我仍然不太信任他。我对他一无所知。的确，莱特纳告诉过我，他已婚，有两个孩子，可下一次又卖给我一件货，让我沉浸在婚姻不幸的场景中，仿佛在说：我是谁不重要，货好就行了。

有一次，我问他自己好哪一口。他看上去对我的好奇吃了一惊。他犹犹豫豫地说着，好像担心跟我说了以后效力会减弱。那是种奇怪的东西，对我来说很奇怪，

---

① 《纯真》(*Purity*) 是美国作家乔纳森·弗兰岑二〇一五年出版的长篇小说。

其中包括丹尼利斯基[①]。我自己弄了一件，试了开头几页就放在一边，受不了。

我还等他出错呢。一周又一周，我们都在早上见面，一周又一周，我没有失望：麦卡锡、拉夫、桑德斯、阿伦斯、本、阿特伍德。

我问你，有什么是比一个总能让你不断买东西的卖家更美好的？

有的，春天怎么样？

谢谢，乔安娜，你说得对。

俗话说，人生苦短，少走弯路。我的卖家绝不会这样说。他痛恨俗话。他的回答是："时间、地点？"

纸袋里有：语言、勇气、魔力。一点契弗，少许克莱尔·吉根，还有"权力的游戏"第一卷。

到春天，我要去清静的地方，一本接一本地享受它们。还能有比这更好的习惯吗？

（由安西娅·贝尔从德语翻译成英文）

---

① 马克·丹尼利斯基（Mark Z. Danielewski），美国作家，生于一九六六年，作品风格前卫，代表作是一九九〇年出版的《叶之屋》（*House of Leaves*），使用大量和正文互为关联的注释、插入文本，用不同颜色区分内容，使作品带有互动性，是所谓"遍历文学"（Ergodic literature）这种文学流派的代表作。

萨沙·斯坦尼希奇（Saša Stanišić）

萨沙·斯坦尼希奇有一次射击时命中过靶心，但后来再也没有射中过。那是在南斯拉夫解体前的维舍格勒。他父母家有个沙发，沙发旁有个盒子，里面放着他的书，许多书混在一起。他经常在那儿躺在书堆里阅读。今天，他有时还想做以前那个孩子。那个孩子的世界由另外一些世界组成，身在其中，他偶尔能安详地入睡。

渴望：内罗毕偶然诞生的书店

伊冯娜·阿迪亚博·奥沃尔

有时候，我和妈妈在别人用梦境创造的不朽文字中相遇。我们也在住着灯神、精灵、侏儒、霍比特人的文字世界中捉迷藏。作为芸芸众生中的一个孩子、一个女儿，渴慕着身为教师的母亲用各种方式向我表达“我爱你”。格林兄弟、安徒生、玛乔丽·奥卢德·马戈伊①、伊妮德·布莱顿②、格蕾丝·奥戈特③、J.R.R. 托尔金、吉米·哈利、威尔伯·史密斯、杰克·伦敦、罗尔德·达尔、C.S. 路易斯、L.M. 蒙哥马利……我们在这

---

① 玛乔丽·奥卢德·马戈伊（Marjorie Oludhe Macgoye，1928—2015），英裔肯尼亚作家、诗人，代表作为长篇小说《诞生》（*Coming to Birth*），被称为“肯尼亚文学之母”。

② 伊妮德·布莱顿（Enid Blyton，1897—1968），英国儿童文学作家，代表作有“诺弟”系列、“少年侦探团”系列等。

③ 格蕾丝·奥戈特（Grace Ogot，1930—2015），肯尼亚作家记者、政治家。

么多作家用文字创造的斑斓世界中相遇。作家们渲染兜售的这些国中国，包括内罗毕和它的郊区科莱勒舍瓦在内，可能充斥着半兽人、食人魔、会说话的树、诺弟和小小侦探。妈妈每个月一次把这些书带回家。它们都包着棕色的包装纸，上面盖着“韦斯特兰杂货店”的印章。

* * *

有一天，妈妈送我和妹妹去那个输出故事书的永恒国度。我们穿得漂漂亮亮的。去那么有魔力的地方，我们得“盛装”出席。我们穿上盛装，就像《绿野仙踪》里多萝西穿着红宝石鞋嘚嘚嘚地敲鞋跟①。

书店是一个长长的长方形建筑，亮堂堂的。

“挑一本。”妈妈说。

那时候家里紧巴巴的，钱得数着花。

挑一本。

只能一本？

---

①《绿野仙踪》里，小主人公多萝西穿着一双有魔力的红鞋（弗兰克·鲍姆的童话原著中为银鞋，但在一九三九年由米高梅电影公司出品的电影中，导演将其改成红鞋）。只要多萝西敲三下鞋跟，并重复喊“There’s no place like home”（没有任何地方能和家相比）就能回家。

我们摸着书的书脊，使劲闻着带有新书香味的书页——每本味道都不一样。我们好像来到了天堂，因为在这里没有（扫兴的）教科书败坏我们的幻想！这里有玩具、拼图游戏、文具，但没有数学课本、地理课本，也没有练习册。这里有永远的女王伊妮德·布莱顿。杂志区那里围着许多孩子，但我们没去。

我们看见了托尔金、C.S.路易斯和安徒生。种族、身份、文化政治和“政治正确”还没有深入我们的思维。对我们来说，珍妮和约翰①冬天坐着雪橇滑雪挺真实的，也让我们开始向往在一座有望成为世外桃源的城市过冬（现在它已经不那么宜人了）。那个时候还不会觉得“诺弟”系列里的那个丑八怪有什么问题。进入这家书店就像进入一个无边无际、可以体验一切的国度。一百本伊妮德·布莱顿、五十本威尔伯·史密斯、卡罗琳·基恩的“少女侦探南希·德鲁”系列、富兰克林·迪克森的“坚强男孩”系列，还有让我们哭、让我们向往冬天的杰克·伦敦。我们要过很长时间，才能学会把我们真正生活的世界和我们在书中游历的世界区分开。

---

① 珍妮和约翰是二十世纪五六十年代英国一套儿童识字读本中的主人公。

挑一本。

只能一本？

我和妹妹怀着紧张的心情，踮着脚尖，注视着那一大堆书名，触摸着书脊，去儿童读物区的时候，一路上会偷偷看“大人的”书。在儿童区的书架上，我们看到了《绿山墙的安妮》。我们选中安妮，把她带回家。她成了我们的伙伴。我们会争抢她，学着像她那样做白日梦，等着吉尔伯特·布莱斯经过。后来，这本书被包上塑料书衣，在学校里成为好朋友之间交换的商品和货币。物物交换使得我们可以看到其他故事书，结交新伙伴，当然，得经过一番寻找、讨价还价，还有失败时的沮丧。妈妈会检查我们挑了什么书。我们跟着她走到柜台前，管书店的人在那里。以小孩子的高度看，他们，灰白头发的男人和他黑发的女儿，显得那么陌生。我妒忌这些与书为伴的人，妒忌他们可以随意接触的文学国度。在这家书店里，内罗毕是没有边界的；托尔金的中土世界也在其中。

二〇一六年四月六日星期三，上午九点三十分，我回到童年时的这家书店的原址。但如今已是二十一世纪的内罗毕。它处于一种重建手术的精神错乱中。舒适的小店已经被装饰着小玩意儿、表面光鲜的商店取代。韦斯特兰区的韦斯特兰杂货店显然已经搬走了，它所在的这片区域被乏味、千篇一律的钢铁建筑占领。这种千篇一律正在伤害这座城市，人们记忆的空间被无情地埋葬在瓦砾中。逝去的幻影擦身而过。悲伤刺痛着我的心。我离开这里，去寻找其他书店，包括位于中心商务区的地标书店“民族书店”……

……也消失了。

令人惊讶。你熟悉的生活试金石确实会化为乌有。我记得小时候搜集陌生的单词，在一个英格兰中部的故事里发现一个词：

Fugacious。

我的学生词典里没有收这个词，所以我向爸爸求助。他简直是个语言大师。他解释道：“短暂的，逐渐消失的。持续时间不长，像雾一样。这就是Fugacious。”没有人想到应该给某个特定记忆场景中的孩子发一张用途更改的通知，这样他可以努力找回自己的一部分。对我来说，就是熟悉的书架上，一本本书里朦胧的记忆碎片。

这就是现实。一代人凝视着旧地新貌，喃喃自语：“我小时候，那里曾经有……”我也成了其中一员。我长大了，而我的城市变年轻了，经过整容，对它（在我们眼中，永远）美丽的过去已经没有了怀旧，也不再关心那些曾经受它多般庇护的人的感受。

我呆呆望着书店留下的缺口，仿佛时间会消逝，过去的事情会原封不动地重现在我面前。一位上了年纪的守夜人穿着褪色的蓝红条纹衣服穿过马路，在我身旁停了下来。日后，我会记得，自己曾经站在内罗毕的一家路边书店旁，在那里，你可以用商厦书店里的一本心理励志类新书的价格买到《奥德赛》、佩蒂纳·加帕的《记忆之书》[①]和前一个月的《名利场》杂志。真是极大的讽刺！

“以前的那家书店去哪儿了？”我喃喃地问守夜人。

他说：“他们搬走了。”我们盯着墙上的斑点。“许多人在这里停下来，”他说，“问同样的问题。”

我沉默着。这是我成长的地方。在这里可以找到各种各样的文学作品，女性的成长、身为女人的意义、向

---

① 佩蒂纳·加帕（Petina Gappah），津巴布韦女作家，生于一九七一年。《记忆之书》（*The Book of Memory*）是她二〇一五年出版的长篇小说。

往、失败、恋爱、失恋、寻找、渴望、失去、发现世界、丧失灵魂、旅行、回归、回家、离家、赋予生命意义……这家书店和它令人熟悉的影响，始终在那里：它是哨兵，是守卫，是导向杆。在我们身后，生活的喧嚣、嘶鸣、琐碎和其他的杂音仍在继续。我安慰自己，“他们搬走了”总好过“他们消失了”。

* * *

内罗毕的雨季到了尾声，大雨滂沱。河水冲出大坝，变成一条条几乎被人遗忘的河流，冲过崭新的公路。这是对“国家愿景”计划的莫大嘲弄，那些计划旨在把肯尼亚发展成光鲜亮丽、流着蜜的迦南。我开车——更确切地说是乘船——去城外看一眼很久以前童年时代我们玩耍的溪水。我们曾在那里捞蝌蚪，捞金鱼，装在玻璃瓶里带回家。它们都没能活下来。然后我再去城的另一边，吉吉里区①。

村市是一片红顶白砖墙房屋组成的大型购物中心，

① 吉吉里区是内罗毕最大的外国人聚居区。

有水景，商铺组合虽然杂乱，倒是很受欢迎：这里有漂亮的露天摊位、商店和食肆。内罗毕和世界各国的俊男靓女都来这里吃午饭——联合国的办公室和各国的大使馆就在附近。

这个购物区有无数条走廊通向那些漂亮的商店，卖全世界的时髦商品。我漫步其中，偶然撞见了我的目的地。我走进一家灯光柔和的书店，向柜台后面一位戴眼镜的女士问路："您好，您知道韦斯特兰杂货店在哪里吗？"

"这里就是。"

"什么？"

"真的。"

收银台上方的墙上用花体字印着一行字："字里行间。"

* * *

"这里"是一栋宽敞的长方形建筑，有两层。那种单一空间、仅靠书架和书籍类别区分的布局美感已经消失了。这里有了分隔区，一个是漫画、图像小说区，一个是儿童文学区，还有一个区域放着我们过去常常一边窃笑一边偷瞄的艳情小说——所有的书都安排得井井有条，分类清晰。我像考古学家一样环顾四周，在新的布局之外寻找过去的痕迹。这里有大量童书，包括在我那个时代被禁的书。这家书店著名的特色“非洲图书”也和世界各地的美食书一样，有独立的专区。有一本关于凯尔特美学的书，有一个关于个人、精神力量的专区，还有一个传记专区。有一个叫“普遍无知”的专区放的都是成人解谜书和知识普及书，诸如《超新星是什么》。（对我来说）幸运的是，并非所有的书都按照书名首字母顺序摆放，还残存着过去随意放书的可爱传统。所以，一个爱书人可以尽情探索通向自己向往的文字与世界的道路，或召唤一位向导指路。企鹅系列在那儿：橙色封面、黑色封面和白色封面，现在有一条色带。我小时候，这些书就好像由一系列不可思议的名字构成的未来希望：萨特、艾略特、纳博科夫、陀思妥耶夫斯基。现在他们都不再是陌生人了。

一楼墙壁的内嵌书架上，放着让人怀旧的地图和旅行书。威尔弗雷德·塞西格的书还在；熟悉的名字，老朋友，永久的痕迹。很不幸，保罗·索鲁和他喋喋不休抱怨非洲的书和塞西格的书靠得很近。书架上的其他书让我想起那个人们更容易被激发出爱国热情的时期；后来它就跌落神坛了。海涅曼出版社的“非洲作家”丛书曾经占据的位置如今已被新一代书写非洲的作家所取代：塞拉西、蒙吉斯特、拉拉米、班嘎纳、阿迪契、科尔、怀奈纳、翁迪塔、米达和古纳等。这些作家的书的封面构成了一幅惊人的马赛克画面，展现了一个复杂的非洲虚构世界。

我环顾四周。连旧梦的尘埃也荡然无存了。没有伊妮德·布莱顿，没有威尔伯·史密斯，没有“坚强男孩”“南希·德鲁”，也没有布莱顿的“五小”系列。北欧、希腊、罗马和其他神话中的诸神被局限在新的微光中。他们一部分生活在漫画书里，形象连他们自己都难以辨认。

我摸着书架，鼻子贴近书脊，发现这些书发出吱吱的响声，可怕的是，它们竟然跟我说话。我见到了以新模样出现的老朋友们：《夏洛的网》《狮子、女巫和魔衣橱》。我告诉苏斯博士：“我记得你。”老地方还有新伙伴：《咕噜牛》《小屁孩日记》《虫子日记》，J.K.罗琳各种版本的《哈利·波特》，还有《饥饿游戏》《网上女孩》《怪诞少女日记》《捣蛋鬼亨利》《诺姆的世界》和

《分歧者》三部曲。我向前扑倒，进入了一个新的文字王国！

* * *

我走到楼下，向收银台那里的女人介绍我自己。她叫伊丽莎白·基特马。我解释我是怎么寻找他们，花了多少时间才找到。我意识到自己的语气听起来很委屈，便振作起来说：“你们为什么离开韦斯特兰？”

她打量我一会儿才认真答道：“那幢房子换了新房东。我们只能搬走。”她的表情让人感觉这是她不愿谈及的话题。所以我们又聊起了书、生活以及卖书的意义。怀旧病又犯了。书店创始人、藏书家赛义德·穆罕默德在一九七七年把书店传给了独生女雅斯敏·曼吉，伊丽莎白那时就开始在这家书店工作了。“在我还是小女孩的时候，我就紧张地在书店里走来走去。我是在这些书中长大的，我靠卖书养活了我的家人。”伊丽莎白说。

“我肯定见过你。”我说。

“在民族书店？”

我点点头。民族书店经常出现在旅行指南上，成了肯尼亚旅游线路上的重要景点。伊丽莎白接着说，她的目光转向内心那挥之不去的过去：“你还记得我们曾经是个著名的旅游景点吗？肯尼亚人也经常来。但最认同我们的是游客。他们能在这里发现许多关于非洲和肯尼亚的书，这些书在其他地方很难找到。”

这是真的。赛义德·穆罕默德会周游全国和世界各地，搜罗关于肯尼亚和非洲的绝版书，然后安排以“韦斯特兰杂货店”的名义重新印刷出版。我们家有一本《疯狂快车》就属此类，这本书讲的是一条铁路线造就一个国家的故事。穆罕默德先生还与已故纪录片导演、摄影师穆罕默德·阿明合作出版了几本书，在书店里出售。

伊丽莎白还记得有许多人会带着自己生活的新故事回到书店，还有更多的是人与人因为书店而相遇的故事。比如，有一个勤快的肯尼亚导游，同时也是一名书迷，他妻子是日本人，他会把日本游客带到书店来，先用日语对这里的书点评、介绍一番，再推荐他认为他们应该读的书。

“地图。”一个中等身材的男人说。他有一张粗糙的脸，让人想起黑白照片中那种饱经风霜的男人的美。他眼睛深邃，那种眼神仿佛告诉你他在倾听，他不必多说。他一直在偷听我们说话。他叫杰克逊·马图库，一辈子都在书店工作。他加入我们的对话。“那些游客会带着肯尼亚各地的地图离开，”他露出温柔的微笑，“他爱地图，把地图当书一样读。现在他已经不在世了，”他带着一种奇怪的遗憾，继续说道，“那时候，这座城市到处是游客，真正属于全世界。我们店里总是挤满了人。”

一片沉默。

我们站在收银台旁，沉浸在过去的回忆中，那一刻，我们对过去的感情更加强烈，简单而又真实。一个女人带着宝贝女儿走进来。她径直走向儿童区，让孩子坐在温暖、鲜艳的地毯上。你会感觉到她只是需要在继续白天的任务之前，暂时换一种状态，休整一会儿。十分钟后，小孩睡着了。女人没有买东西，一言不发地离开了书店。伊丽莎白和杰克逊很平静。“爱书的人，”杰克逊微笑着说，“我们了解他们。他们来到书店寻找自我。爱书的人。”

一个壮汉一瘸一拐地走进来。他要找一本关于摩托车修理的书。杰克逊去帮他找书。他翻阅杰克逊找来的书，说骑摩托车的事，说它怎么砸伤了他。他看到某一页，选定一本书，买好就走了。我聊起这个，说书店就像一个迷你告解室，人可以来这里存放自我的真面目。伊丽莎白和杰克逊都笑了起来。

他们告诉我，本质上，书店像人类习惯的熔炉。人的性情——爱、恨、希望和恐惧——都可以从他们选择的书、他们在书店里里外外的活动、他们与文学的关系以及与卖书人的互动之中看出来。他们觉得，顾客的习惯也有助于塑造和改变书店的个性。“我们依靠他们的惠顾。无论他们要什么，无论用怎样的方式提出来，我们必须倾听，尽量满足。”

他们已经领略过人类存在的各种形式。上午，可能有一个女人走进来，一边唱歌一边向他们展示她的戒指：“你们有没有关于婚礼筹备的书？”下午，另一个女人会小声问：“您能推荐一本管理悲伤情绪的书吗？上周我失去了儿子。”

有一件书店的旧事：一位穿着深色西装的商人匆匆走进书店，竭力保持镇定，迫切寻找一本商业“指南书”。“不是这种，你们有别的吗？”他哀求着，突然情绪崩溃，“我为了商业贷款把住房抵押出去了。我的妻子和孩子都不知道。明天他们要拍卖所有的东西。一切都没有了。”

“碰到这种情况你怎么办？”我最后问。

杰克逊答道：“我们听着，找书。如果他们想要，他们会买。但我们知道，有时候人们只是想对另一个人倾诉。”杰克逊耸耸肩：“说你感到很遗憾并不需要付出什么代价。”

就在这时，一位端庄的女士走了进来。她是个旅行者。听她打招呼的方式和口音，大概是个北美人。她在书店里转来转去，拿着六本儿童书回到柜台前。她说是为一个她在肯尼亚偏远地区遇到的书贩买的。这个书贩的游牧民顾客要为孩子们买谜题书。这是她第二次来这家书店。两个月前她第一次去肯尼亚时曾在这里逗留。

两个青少年交谈着什么，直奔图像小说区，他们的手机发出古怪的声音。他们语速很快地谈论《权力的游戏》和剧中人物琼恩·雪诺，间或发出几声：“棒！”我偷偷观察他们。以过来人的角度看，我这一代人在他们这个年纪走进一个场所不向成年人打招呼，那是不可能的，也绝对不敢在一家书店里高声传播私事。

伊丽莎白扫了他们一眼，继续我们的交谈。她说她觉得这些年来人们对书籍的喜爱程度已经发生了变化。

这观点很有趣。杰克逊表示赞同。他担心新技术正在分散年轻人的注意力。

我问了一个无法回避的问题："像现在这样，书籍和书店还会有未来吗？"

伊丽莎白和杰克逊只是苦笑。

我们四周晃过朝生暮死般短暂的鬼影。

后来，伊丽莎白去拿电话。"你得和雅斯敏谈谈。"她说。

一个女人声音中带着笑意说："你好。"

"是图书夫人吗？"我问。

雅斯敏咯咯地笑着。

然后她问："你知道我们店是内罗毕第一家真正的书店吗？"

* * *

时间要追溯到韦斯特兰杂货店成为合法实体的一九七一年。这是一个男人对书一往情深的故事。在那个时代，电视节目到晚上十点就结束了，人们有大量的时间阅读、聊天。赛义德·穆罕默德在记账工作的间隙，会潜伏在拍卖行，等着竞标书籍。那都是他自己要看的书。到后来有个朋友在韦斯特兰建起一栋办公用房，问他要不要楼下的商铺时，他的藏书量已经很可观了。他盘下了店铺，取名“韦斯特兰杂货店”，打算卖各种东西——玩具、文具、家居用品——但没想到他兼卖的书后来会变成主营业务。

他女儿雅斯敏上学前会跟着爸爸来店里，放学后则来看店。她看着书占领了这家店。

“这是不可避免的，”雅斯敏说，“因为文学是我爸爸的真爱。凡是有人来店里买烤箱，最后多半会带着一两本书离开。”

我们都笑了。

几天后我见到了雅斯敏。对自己为肯尼亚的文学事业做出的卓越贡献，她表现得极为谦逊，不过也承认我对她的尊称“图书夫人”并不少有。有这么多孩子正是通过她全家人一起经营的事业成长、成人。在雅斯敏身上，生命闪耀着色彩、希望和快乐。她乌黑发亮的头发好像不曾随岁月变化，依旧光彩照人。她那丁香色、金色和绿色的衣服体现出她热情的性格。雅斯敏对人的面孔和家庭购书习惯都有详尽的记忆；她记得哪些孩子每个周末跟着父母来，“每次买一本书”；哪些孩子每天放学后来，哪些孩子在学校放假前一下子买许多书；哪些孩子住在肯尼亚偏远的地方，每年只能来两次，买各种故事书；哪些孩子逃学躲在书店里读书。她也记得那些成年人——有人带着自己的生活故事而来，有人因为孤独而在这里逗留，有人养成了一周来两次、每次买一本书的习惯，随便什么书。而我此行是为怀旧与童年记忆而来，我们聊的主要还是记忆中的孩子们。当年的孩子中，正巧有一个叫克里斯蒂娜·莱昂的走进店里，于是她也坐下来加入我们的采访对话。

真是巧上加巧。原来克里斯蒂娜和我上的是同一所修道院学校——她比我大几岁。当年她是游泳队队长，是高高在上的“大姐大”。克里斯蒂娜经常去书店，做智力游戏，玩飞机和动物模型，读故事书，赖着不走。雅斯敏赶也赶不走她，最后反而和她成了朋友。说着这些往事，她们哈哈大笑起来。我们再回到韦斯特兰杂货店的话题。

雅斯敏是一九七七年接手书店的。“这是我的命运和归宿，”她说，“别的我也不懂。我一直知道，我的人生就是这家书店塑造的。”

我试图谈及他们怎么会离开在韦斯特兰经营五十年的老店。雅斯敏平静的表情中浮起一丝苦涩。这是个痛点。我放弃了。总有一天我会再触及它，但不是今天。在我们的泛泛交谈中，你能感觉到一种很可能是被迫离开一个很有感情的地方而产生的精神创伤，在这个地方，她从一个女孩成长为女儿、女商人、妻子、母亲、公民和藏书家。

我们来到一家咖啡馆的桌子旁坐下，这家咖啡馆的口号是“幸福就是一杯咖啡和一本好书”。话题又回到书。雅斯敏说她在这里跟人见面是因为这家咖啡馆是为爱书人设计的。

她身后的书架上就堆放着书。

“闻到书的味道真让人愉快。”她的语气有点犹豫，好像担心说得太夸张。然后她静静地解释：“这是很个人的感觉。”她身体前倾。“书不只是产品；一本书也是一种体验。要理解书就必须对书有感觉。”她的眼神闪闪发亮。

雅斯敏是个温柔、健谈的人，具有一种自嘲的幽默感，她全身心地投入到生活和无休无止的问题中。通过她的书店，她经历了各种旅程：做生意的旅程、作为人的旅程、探索和失去的旅程，尤其是失去了她深爱的那些人，比如她二〇一一年去世的丈夫努尔丁·曼日。他以前负责店里图书的物流工作。她明白自己不能放弃。她得学会承担丈夫的工作。整个城市和社区都需要她把书店开下去。“对我来说别无选择。”雅斯敏重申。

这就是为什么当书店在内罗毕沦为发展假象的牺牲品时，依然还有韦斯特兰杂货店。她父亲在文学世界里找到了人生的意义，从此对其他前景诱人的生意不为所动。雅斯敏继承了父亲的这种专注。我们谈话的主题很分散，最后又回到了书店。她说：“爸爸的堡垒就是我妈妈居尔珊。她是一成不变的。每当爸爸外出采购、去书展的时候，她就守着店。她从不求出名，但她坚守着自己的岗位，直到两年前去世。”

赛义德的热情像火焰一样点燃了全家人。它转化为一个共同的空间，最终在那里工作的人，是像伊丽莎白和杰克逊这样敞开接受图书世界奥秘的人，是知道怎样查找书名的有见识的人，是有顾客为了翻看书的内容而拆开塑封时不会瞪大眼睛斥责对方的人，是已经安于服务文学、哪怕他们收到的招聘条件多么诱人也不会改变心意的人。

我问："在你父亲之后，你在多大程度上改变了书店?"

克里斯蒂娜插进来说："雅斯敏的热情和广泛的兴趣，都转化为书架上更丰富的品种和分类；你可以亲眼看看。她对新书无休止的敏锐嗅觉是出名的。起码你逛书店的时候，看书就看饱了!"

大家都哈哈大笑。

就在这时，雅斯敏的两个儿子扎因和扎希德出现了。扎因的眼睛下长着黑痣，人很热情。他承认自己是个夜猫子，早晨使他咆哮。扎希德个子比扎因高，神态谨慎而又安静，一直在倾听。他有一种恶作剧式的幽默感。兄弟俩和母亲时不时地开玩笑说，他们之间有一种建立在游戏基础上的关系。雅斯敏正逐步把书店交给这两个第三代经营。他们对这次采访很好奇。兄弟俩说起成长过程中，每一个房间所有可用的空间都被书淹没了。他们开玩笑说如果要搬家，那也是因为书需要一个更大的地方。

扎因是哥哥。他带着滑稽的口吻回忆道："我从来不用买书。在国外去书店是件麻烦事，要有一番心理挣扎，看中一本书是马上买下读呢，还是等着回到肯尼亚看免费的书。”在扎因的心目中，韦斯特兰杂货店要尽量跟上当代的潮流：开辟图像小说区就是他的创举。这类书自有其追随者。这里是这座城市里潜藏的图像小说家寻找彼此的地方。书店销售、推广了一些肯尼亚最优秀的漫画和海报，成为内罗毕唯一有此特色的书店。如今，正在受训成为外交官的扎希德负责书店的一部分后勤工作：库存管理、记账、电脑系统、许可证等。曾经的生化学家扎因正在筹备一场“星期六免费漫画书日”的活动。特色活动、针对小众的市场营销、作家朗读、读者聚会、多媒体——这些都是书店生活新面向的指标吗？雅斯敏平静地听两个儿子讲述，像我们一样，仿佛看见了一丝未来。她安然面对着不可避免的变化，明白一个灵活的体系可以吸收变化的冲击，调整自我，抓住新时代的机遇发展自己。对我这个怀旧的人来说，这里也给我上了几课。

当访谈接近尾声时，伊丽莎白带着一个衣着考究、热情洋溢、戴着圆框眼镜的男人来了。雅斯敏起身向他热情地打招呼，然后向我们介绍。他叫爱德华多·莫雷诺，是联合国的工作人员，不过也是一个作品被广泛发表的摄影师。

“我们在聊书。”雅斯敏说。

爱德华多强调他一生中有许多时间是在阅读中度过的。我们开始聊他摄影的主题。“为什么你选择在东非，在韦斯特兰杂货店展示你的作品《木枕梦》[①]？”我问。

他回答说，不是因为他们的书店最大、最时髦、最有宣传价值，而是因为他觉得在内罗毕，这里是书最自在的地方。“它光线充足，连我都能看清书上印的小字。它有生活气息，空间足够大，有活力。它为爱书人服务。他们允许我拆掉书的塑料封套，不会朝我翻白眼。”

“那是护封，”雅斯敏插话道，“我们把书包起来，防止它们吃灰褪色。”

爱德华多调侃道：“在其他书店，塑料封套是防读者的。他们忘了读者决定买书的重要因素是实际触摸到书页。”我们发出仿佛“拿到”密码一般的笑声。他又好像信心满满地说：“在这里你可以逗留，可以说话，

---

① 爱德华多·莫雷诺在《木枕梦》(*Wooden Dreams*: *East African Headrests*)一书中拍摄了非洲东部二百多种精美木枕。

可以在书的世界穿梭，邂逅人生，与人交朋友。”

我们这群人一起叽叽喳喳地离开了咖啡馆。

有那么一刻，我都忘了这是一次采访。这个地方的精神驱散了我某种没有明说的恐惧。因为对韦斯特兰杂货店的历史有了新的认识，我对自己的韦斯特兰杂货店记忆感到安心。它是怎么延续下来的呢？我有时想。这次相遇，依然延续的是我们为了在人生和文学中遇见、相识的人而不得不说的故事；依然延续的是一个深爱书的男人留下的遗产，他把他的热情传递给了他的妻子和女儿，传递给了一座城市、一个国家和这个世界；依然延续的是在被书籍所温暖和感动的空间里意外的邂逅。

离开书店前，我还有一件事。

我解释道：“我妈妈年纪大了，退休在家，照料着一个心爱的花园。在内罗毕这个暴风雨来临的季节，她种的植物遭殃了。你们有什么介绍怎样管理水涝地的书吗？”

杰克逊检索出三本书。我挑了一本。在收银台，伊丽莎白把它放进一个普通的袋子，上面没有印“韦斯特兰杂货店”的品牌字样。但我已不再需要被提醒。在这个多变的城市里，我能找回这样一个空间，让我感觉它是不变的“家”。

伊冯娜·阿迪亚博·奥沃尔（Yvonne Adhiambo Owuor）

伊冯娜·阿迪亚博·奥沃尔生于肯尼亚，二〇〇三年获得凯恩非洲文学奖。她的短篇小说《磨刀人的故事》（*The Knife Grinder's Tale*）曾被改编成获奖短片。二〇〇三年至二〇〇五年，她担任坦桑尼亚桑给巴尔国际电影节执行主席。她的第一部长篇小说《尘土》（*Dust*）入围二〇一五年英国弗里奥奖和《金融时报》/奥本海默新声奖。

下雪天

迈克尔·德达

二〇一六年一月二十二日星期五上午，华盛顿特区要下雪了。事实上，这座城市正在准备迎接一场巨大的暴风雪。学校已经停课，整个周末地铁也要关闭，这真令人吃惊。到了下午，除了除雪机、运盐的卡车和越野滑雪板上的人，一片白茫茫之中看不到任何移动的个体。

就在这一天前，我妻子正好去了旧金山，要到下周二才回来。换句话说，我独自在家，没有任何——我想说的词是哪个来着——监督。吃完早饭，我迅速打了一个电话，确认马里兰州洛克维尔的二楼书店库房会一直开到真正下雪为止。根据《华盛顿邮报》上的气象预报，那将是下午一点以后的事情。因此，一个坚定、有决心的读书人，当他的爱妻远在这个国家的另一端时，也许能花上三个小时翻遍五十万本书。如果他愿意在这场据说像世界末日一般的暴风雪开始的时候冒险驾车回家，那可以待得更久一些。

就这样，上午十点刚过，我就愉快地驾车开在花园草坪大道上，穿过一片由地板批发店、自助式仓库、水电设备商店组成的地区。虽然二楼书店在首都华盛顿熙熙攘攘的杜邦圆环区还有一家门店，他们的办公室和库房却在这片落后的郊区。曾几何时，店主艾伦·斯蒂派克在马里兰州的贝塞斯达和巴尔的摩还有另外两家分店。但那已经是很久以前的事了。八十年代华盛顿大区曾经拥有四五十家书店的盛况早已随着二手书市场的大幅萎缩而烟消云散。

那些书店拥有“书龛”“书角”“书市”之类的名称，许多主要是在车库卖二手旧书和当下的畅销书，而不是古董书。不过，哪怕是最低端的平装书交易会，书虫们也会闻风而至。毕竟，藏书界有句格言：好东西可能在任何地方出现。比如我有一本西里尔·康诺利颇为罕见的小册子《失踪的外交官》，由英国安妮女王出版社出版。我记得我是在华盛顿联合车站附近一家破旧的杂志铺淘到的，只花了二十五美分，但找到这本较早讲述麦克林-伯吉斯间谍案[1]的小册子真的令当时立志收齐康诺利所有作品的我心花怒放。另一个星期六，我在离我现在的家不远的“银泉”书店柜台下，注意到一本罗伯特·潘·沃伦《国王的人马》护封完好的首印版。书商标价五十美元——其实这书即使在当时也值一千美元——我买下以后，他很快意识到自己犯了错。

类似这样的发现使得藏书家和在美国被称为“图书走私贩”的书探会经常回来淘货。有一次我从一家路边店的手推车里拿起一本有 H.G. 威尔斯签名的短篇小说集，手推车挂的牌子上写了“一律四美元；六本二十美元”。我傻乎乎地吹嘘自己的这一发现，把店主惹恼了，不过结果是又引来不少新顾客。当然，在数字时代要淘到这样的便宜货困难得多，因为卖家往往会整天趴在电脑前查 Abe 或亚马逊网站上的售价。我以前在“女神”佩茜·克莱恩[2]的家乡，弗吉尼亚州温彻斯特的一

① 麦克林和伯吉斯是苏联潜伏在英国情报系统的双重间谍“剑桥五人组”中的两人，因为五人均于二十世纪三十年代在剑桥大学就学时被克格勃招募而被称为“剑桥五人组”。唐纳德·麦克林和盖伊·伯吉斯于一九五一年逃往苏联。

② 佩茜·克莱恩（Patsy Cline，1932—1963），活跃于二十世纪五十年代的美国著名歌手。

个露天书架上，淘到理查德·加内特的《上帝的黄昏》首版，还是作者签赠给他的好友、画家福特·麦多克斯·布朗的，而且售价只有爽死人的五美元，这种好事今天不可能再有了。

还有一个例子：二十世纪七十年代末我刚到华盛顿时，每个星期天下午在一家极低档的书店做兼职。店主什么印刷品都收购——连《读者文摘》小说缩写本也要——但他从不付现金给卖家，而是提供一点微不足道的信用额度。某个星期天，专做现代限量版首印书生意的“鹅毛笔和画笔”书店的店主艾伦·埃亨和帕特·埃亨夫妇来到店里，慷慨地留下两箱他们卖不掉的小说。我被指派去上架这批比平时好得多的书时，发现其中有一本小说的作者来自我的家乡——俄亥俄州的洛雷恩。多年以后，我终于让这位作者托妮·莫里森在这本《最蓝的眼睛》上签了名。我刚上网查了这一版本现在的售价：至少三千五百美元。

虽然我一向仰慕整洁的古董书店，但这样的地方通常都布置得太好，不合我的胃口。这年头捡漏的机会太少了。别忘了我是工人阶级家庭的孩子，我妈购物经验丰富，就爱讨价还价。一件商品要是没降到七五折以下，她都不会瞧第二眼。有这样的家庭传统，我自然更喜欢去书库、库房和旧书店，那里的书不管看上去质量怎样，反正品种绝对多。而在铺天盖地的书之中就有可能发现漏网的宝贝。例如，我曾在二楼书店的库房里淘到约翰·米德·福克纳的《慕理小镇》首版。这部史蒂文森式的冒险小说扣人心弦，十分好看，只花了我几美元。如今，他们的常规库存书基本上一直都是六零折。而且他们还会额外提供精装书的特价，四美元一本，有时价格更低。暴风雨要来的这天上午，他们额外特价的精装书只要两美元一本。

我从没数过自己有多少书，但我家阁楼已经塞满了十九世纪末、二十世纪初出版的各种类型小说，这些是一个庞大的写作计划需要的；地下室则堆满近期的小说、非虚构图书，有些放在工业货架上，但大部分装在箱子里，堆得很杂乱。真的很吓人。我还租了一个仓储空间，它吸走我一大笔钱，存在里面的东西可能都不值这么多钱。一定要我估算一下的话，我估计拥有一万五千本到两万本书，可能更多。按照很多人相当合理的观点，我的书“太多了”，但在我脑子里，只是想要更多书架，或者一栋更大的房子。

可我真的是一个藏书家吗？我在什么地方读过，如果你手里拿着任何一本藏书，翻看超不过五分钟的话，你就只是一个恋物狂、囤积癖。我有时候就算花五天时间也找不到某些书。伟大的编目学家G.托马斯·坦瑟勒认为，任何真正的收藏都要有一个统领的主题，要有计划和明确的范围。我唯一的计划就是拥有我工作中可能要用的书，或者是那些我希望有朝一日纯粹为了乐趣而读的书。也就是说，既要有狄更斯、普鲁斯特，也要有人猿泰山和阴险的傅满洲博士。既是小说家又是书商的拉里·麦克默特里说过，只有像我这样家里有地下室或者仓储空间的人，才能享受那种搜寻自己藏书的纯粹乐趣：你永远不知道下一个盒子的最下面是什么书在等着你。当然，麦克默特里过去常会买下整个书店，用来存放他得克萨斯州阿彻市的那些二手书和古董书，那里就是他美国版的"海伊小镇"。

我确实有一种相似的病，给我心安理得的理由购买任何想要的书，这算是我的自辩吧。随便拿伦纳德·梅里克的《林奇的房子》为例。梅里克这个作家现在没什么人知道了，但他曾经无人不知，几乎每一本书都会由一位当时的名作家作序，譬如这里提到的《林奇的房子》就由 G.K. 切斯特顿作序。我是正巧在初次读了切斯特顿的《代号星期四》之后，就开始收集他的书，假如再花一两块钱收一本梅里克的小说就相当完美了。不过我居然忍住没有买这本书。藏书太杂了，我正告自己。当然，我现在意识到，应该回那家旧书店看看那本《林奇的房子》还在不在。毕竟，除了切斯特顿作品的收藏者，还有谁想要它呢？

二层书店库房的水泥地面层高大概有三英尺[①]，入口两侧都有卡车的装卸区。那个“大雪怪”准备蹂躏华盛顿的星期五上午，我把车停在了几乎没有车的空地上。一进去，我就跟艾迪打招呼，他是二层书店最资深的员工。他马上发表议论说所有高中课程不收史蒂文森的《绑架》真是短视。我附和几句，但考虑到即将来临的暴风雪和许多要浏览的书架，我实在不能把时间浪费在闲聊上。

不过我得说，在大多数情况下，二手书书商或痴迷的藏书者之间的谈话是世界上最精彩的对话。记得有一次我去里士满港书店，它位于费城一个工薪阶层聚居的郊区，面积堪比二层书店的库房。店主的内室里有一张

---

① 一英尺约为三十厘米。

图书馆那种长桌，那天下午有六个当地人围坐着，一边吃着奶酪、泡菜、面包和波兰熏肠，一边交换街坊小道消息和陈旧的越战故事。附近有一个嗡嗡作响的冰箱，塞满了啤酒和苏打水，还有一桶健力士黑啤。店主格雷格·吉莱斯皮递给我一个杯子，让我自己拿吃的。是的，我可以拿着一杯健力士，在他连起来足有几英里[①]长的小说里徜徉。我在那里待了几个小时，买了一堆书，走的时候喝得半醉。那是我最美妙的一个下午。

在二层书店的库房，“常规”库存按一般的类别分类——推理小说、传记、文学评论等——但也有一些没有分类的区域。在一些随意摆放的书架上会有萨克雷、卡莱尔和其他维多利亚时代著名作家的书，而某些书架上则陈列着另一些有特色的书籍，比如伊斯顿出版社浮夸华丽的稀见书，设计严肃的“美国文库”作品，还有“传统”和“弗里奥协会”出版的盒装书[②]。偶尔你还能

---

① 一英里约为一千六百米。

② 伊斯顿出版社（Easton Press）是美国一家出版皮面精装书的出版社。美国文库（Library of America）以出版美国经典作家全集著称。传统出版社（Heritage Press）也是一家出版限量精装书的美国出版社，一九八二年出售给伊斯顿出版社。弗里奥协会出版社（Folio Society）是出版插图精装版文学名著的英国出版社。

看见从某本书的书页中伸出的小纸片；这些有点贵的书都挂在网上出售。二层书店也卖图画书、电影海报、亚洲艺术、黑胶唱片、录像带、DVD 和 CD。收银台旁边有一张桌子，摆满了纸箱，里面都是破旧的通俗杂志，比如《惊奇》《奇异故事》《不解之谜》《神奇故事》等。

不管我去多少次，都不可能把他们的库存一次性看遍。基本上是因为时间不够用。我常常心怀内疚，因为这些时间我应该在写作或者在花园里干活、做晚饭，哪怕做任何别的事情，而不是看旧书。多年来，我也学会了把新淘到的宝贝偷偷带回家不被发现的本事。在美国的藏书迷中有句很流行的话：没有比爱人的怒目而视更能抵消一天淘书的好心情了。不过如今，我在书店里只有前四五个小时才能保持最佳状态；之后我的脑袋就开始发昏，眼睛很难聚焦。可如果我不坚持下去，我还是我吗？毕竟，在那段欣喜若狂的时间里，我把烦恼和担心都抛在了脑后。小时候，我会完全沉浸在一本书里；如今我似乎只能完全沉浸在旧书店里。哎，无论是甜蜜的屈服，还是睁大眼睛的惊叹，除非是转瞬即逝的，否则对一个职业书评人来说都是不可取的。而且我这个人，即便在度假，看阿加莎·克里斯蒂的书也总是手里拿着一支铅笔。读书的时候，我往往全神贯注于审视文本，警惕地注意任何线索、启示性细节、关键段落和故事中隐藏的机关。结果呢，虽然阅读仍然是乐趣，却成了一种带有防备的乐趣，怀疑上作者的当。当然，看到书架上一排排的旧书，我仍然会像孩子一般兴奋得心跳加快。

那个星期五的上午，我首先仔细查看了几个书架，那里放的是有点破旧的、十九世纪到二十世纪初的书。我一眼看见一本柯南·道尔的《吉拉德历险记》美国版初版，衬页上的标价是六美元。付现金六折，刷信用卡七五折。身为“贝克街游击队”[①]队员以及一本小书《论柯南·道尔》的作者，我一般都会留意与歇洛克·福尔摩斯或他的创作者有关的任何材料。但我没有买这本书：它的装订松散，封面有污渍。而且《吉拉德历险记》的英国版和美国版我都有。如果它的品相好一点，我就把它买下来，作为我收藏的最爱之一，将来可以送人。

真正有心的藏书家会随身带着他的求购书单，甚至是平板电脑，里面有他全部藏品的编目数据库。我不喜

---

① 贝克街游击队（Baker Street Irregulars）是美国作家克里斯托弗·莫利一九三四年成立的福尔摩斯小说爱好者组织，目前在全球有大约三百名会员。

欢这种图书馆员式的做法。我基本上知道自己都有些什么书，对它们的品相记得也相当清楚。大部分是硬皮精装，而且通常（但也不是全部）是初版本。我收藏所看重的是，小说得是初版，次要的作品——作家传记、散文集、学术评论——就收品相最好的。至于我的偏好，我喜欢正文字号比较大、纸张质量比较好的书。有护封最好，没有也行，因为我得承认，我是对陈旧的封面布和装饰精美的镶边有着根深蒂固的偏爱。

那个星期五，我从库房常规书架上搜罗到的书不多，包括一本有护封的 T.H. 怀特《野兽之书》、埃德加·华莱士的《科尔多瓦的义士》——收了这本，我收藏的埃德加·华莱士"义士历险"系列小说就齐了——还有一套三本的伊丽莎白·戴利悬疑小说的精选集，其中两本的原主人是珍本书专家亨利·加米奇。在"关于书的书"专区，我拿起《印刷与人的思想：1963 年 7 月 16 日至 27 日在大英博物馆和伯爵宫的展览目录》。那两场互补的展览是传奇藏书家约翰·卡特、斯坦利·莫里森和珀西·缪尔策划组织的，展出的不仅有文明史上的许多重要书籍（不少是从伊恩·弗莱明的私人图书馆里借来的），还有过去印刷、制作书籍的工具设备。虽然我后来买了一本大开本精装的《印刷与人的思想》，但是当时在书店看到的这本原版的展览目录本身就挺诱人的，折扣很低，只卖八美元。藏书家应该始终相信自己的直觉。不过我后来发现，这本目录并不是特别罕见、珍贵。当然，要不是我亲眼见过它的样子，我可能根本就不会知道它的存在——这也是另一个支持你本地独立书店的理由。

快到中午了，我终于决定把搜书的工作转到临近的特价区。要是雪下得早怎么办？这片区域的两层、三层书架上放的是没有分类的特价书。你偶尔会看见一堆写海盗的书，或者好几排写犹太人的书，甚至整个书架都是大部头的德国书。要不就迅速浏览一遍每本书的书名。为了缓解我日渐衰老的眼睛的压力，我总是带着一个小手电筒，照亮阴暗的下层书架上光照不到的书脊。

在最后这类书的一个书架上，我注意到有二十多卷“英国文人传记”丛书[①]，就是那种十九世纪末薄薄的、褐红色封面的书。其中有些是初版，有些不是。我把每

① “英国文人传记”丛书（English Men of Letters）是英国麦克米伦出版社从一八七八年开始出版的一套传记丛书，作者都是当时著名的作家。

种书都翻了一遍，挑了四种，主要是因为作者，而不是传主。这四种是马克·帕蒂森写的弥尔顿、约翰·艾丁顿·西蒙兹写的雪莱、R.C.杰伯写的理查德·本特利，还有安东尼·特罗洛普写的萨克雷。现在我有点觉得当时应该都带走的。很久以前我读过杰伯和特罗洛普写的书，知道那两本书是特别的——重要的古典学家写最伟大的古典学家，重要的小说家写他最敬佩的小说大师——而其他作者大部分是典型的维多利亚时代的学者，已经过时。不过，这套书看上去还是那么漂亮……

雪开始下的时候，我已经搜罗了一堆每本两美元的书，全都有护封：包括威廉·菲利普斯编的《艺术与精神分析》；奥古斯都·约翰的回忆录《明暗对比》；尼古拉斯·蒙塞拉特的《给孩子的海洋之书》；彼得·霍普柯克的《如同幽火》（这是他又一本写中亚地区“大国博弈”的历史著作）；W.M.斯帕克曼的短篇小说《一群温暖的女孩》，其风格和书名一样精彩独特；还有《第二只布谷鸟》，这本《泰晤士报》古怪、有趣的来信汇编集也是不能错过的，因为它的前一本《第一只布谷鸟》已经是我的床头读物。至于那本曾经名噪一时的《失败的上帝》，只用一小杯星巴克咖啡的钱就能买下，很值。在这本书中，阿瑟·库斯勒、伊尼亚齐奥·西洛内、理查德·赖特、安德烈·纪德、路易·费希尔（他是谁?）和史蒂芬·斯彭德都“坦白”了他们加入共产党后来脱党的原因。最后在我正要赶回家的时候，我又抽出一本黄色护封的书，结果是菲利普·拉金的小说《吉尔》[①]，一九七六年由眺望出版社出版。虽然这个出版年份很晚，实际上是美国初版，而且这本品相很好。同样品相的这本书，拉里·麦克默特里在阿彻市的书店出价三百美元求购呢。

二层书店的库房无疑是座宝库，但我不能不提距华盛顿以西车程一小时的一个地方，那里更像是阿拉丁故事里的神奇洞穴。查克·罗伯茨的神奇图书音像店在马里兰有三家门店，分别位于弗雷德里克、黑格斯敦和盖瑟斯堡，还有一个足球场大小的巨型库房和邮发点，里面足以容纳六个二层书店的库房。不过通常只有朋友和特殊顾客才能进去。在我少有的几次探访中，我最喜欢到好几间塞得满满的所谓精品室去淘货。有一次，我发现两卷奇特的《新英语词典》。《牛津英语词典》一开始

① 《吉尔》(*Jill*) 是英国诗人、作家菲利普·拉金一九四六年在英国出版的小说。

分卷出版发行时就叫《新英语词典》。我恰好记得我朋友约翰·克鲁特收藏的一套《新英语词典》就缺这两卷——那是他四十年前在伦敦买的。我请查克第二天就邮寄给他。

这是我起码能做的。毕竟，是克鲁特把我引进了我此前并不知晓、令人如此兴奋的淘书之门，让我学会在片刻之间判断一本书的价值。二十世纪八十年代伦敦雾蒙蒙的星期六早晨，全城所有的书商和一些疯狂的藏书者会聚集在法灵顿路的帆布书摊周围。上午九点，当乔治·杰弗里[①]大手一挥，把防水布从支架上拉开的时候，他桌子上的书会在二十秒之内被一抢而光。我第一次去的时候，还是夹在一堆老手中的菜鸟，不过也抢到两本《河滨》杂志的合订本，里面有最早的六篇夏洛克·福尔摩斯探案故事。每本合订本只花了我五十便士。

每当藏书者开始回忆往事的时候，经常会变得啰嗦，要是我没弄错的话，如今我似乎也变得越来越啰嗦了。不过，让我从本文开始的地方结束吧。那个冬天的

---

① 乔治·杰弗里（George Jeffery，1925—1995），伦敦著名古旧书商，二战以后继承家业，把法灵顿路变成了书籍收藏者和爱书者淘书的圣地。

星期五，我从二层书店回到家的时候，暴风雪真正来临了。我喝了一些妻子做好留给我的炖鸡汤，然后拿了一杯酒坐在扶手椅上，看着外面厚厚的雪花飞舞。我感到平静，非常安详。但我知道这种平静的满足不会持续很久。雪一停，我就该去惠顿附近的“蒙哥马利县图书馆之友”书店巡店了。谁知道那里会出现什么宝贝呢？有一次我发现一本几乎全新的……不行，我真得改天再告诉你是什么书了。

迈克尔·德达（Michael Dirda）

迈克尔·德达是曾获得普利策奖的文学记者，也是《华盛顿邮报》每周书评的作者。他自己的书包括一部回忆录和多部散文集，以及二〇一二年获得埃德加奖的《论柯南·道尔》（*On Conan Doyle*）。二〇一五年，他出版了《闲读：在阅读与收藏中度过与书为伴的一年》（*Browsings*：*A Year of Reading*，*Collecting*，*and Living with Books*）。他下一本书是关于十九世纪末、二十世纪初通俗小说的研究，书名暂定为《讲故事的伟大年代》（*The Great Age of Storytelling*）。

一场关于杜斯曼的对话

丹尼尔·凯曼

甲：我们可以谈谈图书业吗？

乙：非谈不可吗？

甲：恐怕是的。毕竟，我们是写作者，也是读者。从许多方面看，我们都以它为生。

乙：理论上是这样。

甲：你说理论上是什么意思？我们的收入就靠书的销售！

乙：不一定。我去做朗读、演讲活动也有收入。有时候还给人上课。我教那些想写书的人，怎样写出能够养活自己的畅销书。我做这件事是因为我自己写的书不够畅销，不足以养活我。

甲：如果书店能好一点，你就能靠写书谋生了。

乙：你真好，没有说如果我的书写得好一点，我就能靠写书谋生了。但不能怪书店。真的不能怪他们。既不怪大书店，也不怪小书店。

甲：我爱真正的小书店。

乙：噢，我也是。

甲：那些小书店里，店主会跟每一个顾客面对面交谈，充满热情，也有一种使命感。

乙：了不起。

甲：我很高兴如今它们仍然存在。

乙：我也很高兴。

甲：可我不喜欢去了。

乙：我也是。

甲：实际上我不希望任何人跟我说话。

乙：充满热情，还有一种使命感。不，我也不想要。不需要。我自己有一种使命感。

甲：真的？

乙：对。不对。怎么说呢。我不知道自己有没有。不管怎么样，热情和使命感本身是好事。

甲：的确如此。

乙：但我不需要。我想要的是……

甲：什么？

乙：嗯，我想要无人打扰的清净。非常喜欢那样。

甲：对，清净。那是很美妙的。

乙：这就是我喜欢杜斯曼的原因。

甲：你是说柏林奇丑无比的中心城区米特区的那家大型文化百货商店吗？

乙：就是它。

甲：你住在那附近，是吧？

乙：对。

甲：可怕的地区。

乙：是很可怕。在米特区没人夸赞柏林有魅力。腓特烈大街火车站在那里，游客潮在那里，国会和公共电视台的工作人员也在那里，他们要么在上班路上，要么花着纳税人的钱去吃午饭，一边吃饭一边讨论各种阴谋。杜斯曼适合那里。它也没有什么魅力。但杜斯曼有书。

甲：整整三层楼面。

乙：是四层楼面，四层！且不论地下一层的电影。书多得不可思议。一切井井有条，一切都有其意义。你要找什么，在那里就能找到。

甲：外国人就是这样想象德国的。

乙：如今现实中的德国却不是这样的。火车永远晚点，大型建筑工地永远没有完工的时候，你要去当地政府部门办事都预约不上，因为他们工作量太大。我知道有些人结不了婚是因为他们预约不上结婚登记。除非你的结婚对象是在那里工作，那样才会很快。现在的德国就和中欧、东欧的任何一个国家一样混乱。

甲：除了杜斯曼。

乙：说得对。在杜斯曼，秩序压倒一切。四层楼面……

甲：还有地下一层的电影。

乙：四层楼面都是书，红地毯铺满每一层地板，展示桌摆放得井井有条。我已经很久没有从报纸上看新书的消息了，因为我从杜斯曼精心放置的展示桌上就能看到新书。这里什么都能找到，即使你找不到，训练有素的店员也会帮你找到。最近我在漫画区找托芙·杨松的姆明系列故事漫画版的第二集——显然这不是每天都会有人问的书——店员却连查也不查，马上就告诉我它在书架上的具体位置。如果你要的书不在书架上，这些能干的店员不能指给你，他们会马上订购，第二天就在书架上了。

甲：第二天？

乙：是的，比那什么店还快……

甲：别说！

乙：那个店叫……

甲：别说出来！

乙：比那个又大又坏的网络书店还快。顺便说一下，杜斯曼的店员有一个显著特点是绝对客观。他们不想聊天。他们就是回答问题，帮你找东西。有时他们甚至建议你不要买某件东西。最近童书区有一位店员看到我要给儿子买某一本有声书，叫我别买："对七岁的孩子来说太恐怖了。"她说。她真的听过！当我要在青少年区找休·洛夫廷的"杜立特医生"系列时，她查都不用查，马上告诉我他们没有库存了，但英文图书区有"杜立特医生"系列中的一本。在杜斯曼，这样的专业服务不会强加给你，可当你需要的时候，你就能得到这样的服务。

甲：杜斯曼这样的文化百货商店是书业的未来，这么说恰当吗？

乙：我认为是的。大型连锁书店的模式已经完了——这种模式不灵活，不吸引人，总是采购不好的书，而且很多店员不懂什么业务。但那些空间有限、店主热情的小而美书店也不是解决之道。人们已经习惯了要马上得到想要的东西。因此，答案就在于：不属于连锁集团的大书店。那似乎是我们想要的答案。在我看来，还得有咖啡馆。我不需要咖啡馆，但许多人喜欢，我不反对。另外还必须赞扬杜斯曼的一点是，没有音乐！那里很安静！你不用听任何东西！这有利于集中注意力阅读，对我来说，这还会导致我买更多超出预期的书。我有没有说过杜斯曼一直开到午夜呢？而且每天都开？连星期六也开！

甲：你真兴奋！

乙：怎么可能不兴奋：没有音乐，而且开到午夜！还没有音乐！就是非常安静；那真是不可思议的——安静！

甲：杜斯曼有没有作家朗读会？

乙：当然有。

甲：是怎么样的？

乙：我不知道。朗读会都在一个专门的活动区，远离图书区；你可以专心购物而听不到作家们说的任何话，是不是很棒？

甲：你不喜欢朗读会吗？

乙：当然不喜欢。我可以自己读。上学时我就会朗读了，朗读的习惯保持至今，我都是自己读书的。

甲：倒不仅是朗读的问题。通常作家们会在朗读会上解释他们写作时是怎么想的，他们是在早上写作还是晚上，等等。

乙：可如果我根本都不想知道这些，知道了又怎么样呢？如果我对知道他们到底是早上写作还是晚上写作一点兴趣都没有，如果我只要读作家的书就足够，如果我认为这些人在朗读会上说的全是虚构的和谎话，那又怎么样？

甲：可你自己也做朗读会！

乙：当然。

甲：为什么？

乙：因为我前面说过，我的书卖得不够多，不得不做朗读会。

甲：就这一个原因？

乙：就这个原因。

甲：也是在杜斯曼朗读的吗？

乙：上帝不允许。我爱杜斯曼。我不在杜斯曼做朗读会。我不想以作家的身份出现在杜斯曼。我是他们的顾客！

甲：杜斯曼邀请过你去朗读吗？

乙：我可以骄傲地说：是的。要是我最爱的书店没有邀请过我，我会有点难过。

甲：你拒绝了？

乙：当然。

甲：但你在其他地方朗读。

乙：是的。

甲：你有点怪。

乙：我有没有说过，我的书桌吸墨纸、便签簿、笔，我写作需要的所有东西，都是在杜斯曼买的？他们不仅有书，还有最好的文具部！

甲：我还有一件事始终好奇。

乙：是什么？

甲：为什么如今几乎没人手写了，笔记本卖得比以前更多？所有书店的文具部都是这样。

乙：那只是因为书写正在从一种文化技术变成一种生活方式。

甲：不写了。人们再也不会写字了。不是手写，不用笔和纸。他们甚至不再具有手写技能。手上的肌肉不听使唤。所谓生活方式只是购买笔记本，然后扔在一边不用。

乙：一个人人家中都躺着空白笔记本的世界。令人着迷的主题。你需要斯拉沃热·齐泽克的时候，他在哪儿？

甲：但我们本来是要谈图书业的未来的。杜斯曼不是连锁店。独此一家，没有分店。这一点很重要。我们本来还要谈谈柏林。

乙：这是一回事。

甲：柏林和杜斯曼，是一回事？

乙：就气氛而言，绝对是的。酷酷的，不亲切，不讨好人，但仍然值得你流连。舒适，包容各种文化，既有主流又有最奇特的另类，有很高的教育水平，又能以最谦卑低调的方式体面表现。还有一点：当你想象一座城市的时候，你想到的总是一个具体的事物，不可能是抽象的城市。你对城市越了解，你脑海中的城市形象就越具体、越个人。当我想起柏林时，通常很快就会想到这家铺满红地毯的文化百货店。

甲：但是，他们都说，柏林酷，杜斯曼不酷。

乙：首先，我不知道应该怎么理解“酷”。假如我假装知道它的意思，我还是不知道一座城市“酷”是什么样的。其次，假如我假装对一座“酷”的城市有一个比较清晰、鲜明的印象，我仍然不得不说，“柏林很酷”是宣传城市的绝妙概念，但现实中，柏林缺乏个性，丑陋，但最重要的是，它令人愉快。你得在它的许多事物、人、地方和各种可能的生活方式中，找到你需要和感兴趣的。

甲：你肯定要说：就像在杜斯曼。

乙：我的确要这样说。它是多么祥和宁静，它舍弃浮华，保持客观的实用性，同时提供顾客最广泛的选择。

甲：但完全缺乏情调和魅力……

乙：想要情调的人应该在自己的浴室里点蜡烛。自己就够迷人的了。

甲：你这么认为吗？

乙：绝对。非常迷人！至于其他一切……

甲：怎么说？

乙：至于其他一切，都在杜斯曼。

（由罗斯·本杰明从德文翻译成英文）

丹尼尔·凯曼（Daniel Kehlmann）

丹尼尔·凯曼是小说家、剧作家，生于慕尼黑。他的小说包括《丈量世界》(*Measuring the World*)、《我与卡明斯基》(*Me and Kaminski*)和《名声》(*Fame*)。他获得过众多文学奖，其中有康迪德文学奖、《世界报》文学奖、瑞典恩奎斯特小说奖、克莱斯特文学奖，以及托马斯·曼奖。二〇一八年他还获得了弗里德里希·荷尔德林奖和弗兰克·舒马赫奖。目前他居住在柏林和纽约。

绿棕榈书店

斯特凡诺·本尼

博洛尼亚有条柱廊，
柱廊上有个洞，
洞像地狱，专门吞吃年轻诗人。

有个善良的魔鬼带他们走上歧路。
他们变成幽灵，
向太阳高歌他们的诗篇。

如果外面有雾，
鬼使神差，你透过那家书店的橱窗
竟能看见蓝天。

合上书，他们还会说话。
幸运的人
能听见他们执着的呢喃。

这是我许多年前写的几行诗，献给智者罗伯托·罗韦尔西和他的绿棕榈书店，它是二十世纪七十年代意大利的文化奇迹。

罗韦尔西是诗人，是帕索里尼、莱奥内蒂等许多人的朋友，但他首先是一个对文学充满激情的楷模。他的那家古旧书店位于一个老旧的地下室，里面摆满了桌子和书架，是博洛尼亚的作家和学生们聚会的地方。罗韦尔西就是“善良的魔鬼”，一个活泼的奇人，大家都对他毫不妥协的性格又爱又怕。年轻人带着敬畏接近他，而他慷慨地给所有人帮助和建议。即使许多大出版社要出他的书，他还是宁愿自己出版，要么自己复制，要么委托印刷匠人。在书店里，除了那些珍贵、稀有的大部头书，还有几百本薄薄的诗集，作者既有成名的诗人，也有初出茅庐的。你经常可以捐小笔钱得到它们。“诗歌是无价的，”他会说，“就算有，也不是用这个世界使用的货币计算的。”

我第一次钻进绿棕榈书店神秘的洞穴时，还不到三十岁，刚刚作为作家出道。

我惊呆了。我在半明半暗的“洞穴”中踱来踱去，到处都是纸和墨水的味道，只有一台电暖炉能让我暖和起来。但和他最初几次相遇之后，一段美好的友谊就诞生了。罗韦尔西于我亦师亦友。我们无所不谈，不仅谈伟大的诗歌，也谈政治、足球、汽车、歌曲（他为创作型歌手卢乔·达拉写过一些歌词）。他不是一个书斋文人，他热爱生活的方方面面。他给我上的第一课就说：“谁说文人只能谈文学？那就像厨师只谈蛋黄酱一样傻。”我把自己的第一本书送给他，里面写了我的赠言。他回赠我一本他的书，里面写着：“赠斯特凡诺，作家，充满热情的读者和优秀的足球运动员。继续做这件事吧。”

四年前，罗伯托·罗韦尔西在相当贫穷的境况中去世①，书店随之倒闭，这在很大程度上是博洛尼亚市政

① 罗伯托·罗韦尔西于二〇一二年去世。

府的冷漠导致的。我想在这里纪念他，就从他说过的一些我永远难忘的话开始。

第一句话："书是有生命的，不喜欢被粗暴对待。"绿棕榈书店举世闻名，罗韦尔西给欧洲、美国和日本的许多大学寄过珍本书，为了避免书在邮寄途中遭到损坏，用他的话说，他成了"包装大师"。他每次准备寄一包书的时候，会花几个小时把书一本一本地叠好，先用硬纸板包好，再包一层优质纸，最后用细绳小心地捆好。"寄书之难快赶上写书了。"他叹气道。然后他骄傲地向我展示一位日本教授的感谢信："亲爱的罗韦尔西先生，您作为书商的专业无可挑剔，但我尤其得说，我从未收到过包装如此用心、精巧的包裹。""你能想象吗？"他笑着对我说，"这样的赞扬来自一个日本人！发明折纸艺术的日本人！"

第二句罗韦尔西经常说的话："书是挑顾客的。"

罗韦尔西只把书卖给他喜欢的顾客。如果对方给他的印象是不讨喜、假模假式，也不热爱文学，他会立刻以怀疑的眼光审视。我见过这种情景。有一天，一位衣着考究的绅士走进书店，在书架间逡巡，不情不愿地随手翻阅，然后指着一本很贵的艺术书说："我要那本书。

送人，我想给人一个好印象。”“很抱歉，”罗韦尔西带着讥讽的微笑答道，“那本书已经卖给了东京的二本木教授。”于是这个顾客又要买其他书，但每本他想要的书，据罗韦尔西称都卖给了某个神秘人物：英国教授布克、法国评论家德利弗、德国书商罗英格林。最后，这个顾客怒气冲冲地空手而归。

罗韦尔西的第三句话是：“老鼠是不会无缘无故吃书的。”

在那些又旧又拥挤的书架之间，罗韦尔西经常不得不与老鼠和蠹虫的破坏作斗争，并为它们写了不止一首诗。“它们不是敌人，”他说，“只是有点侵犯性的同事。如果老鼠吃某本书，那是因为书的纸质好，上面的霉味道好，或者是因为写得很精彩。要当心那些老鼠不吃的书！”

我记得的最后一句话是：“书中充满思想，所以有些书都已经会思考了。”他回忆起某本珍本《神曲》的事，这本厚重的大部头三次莫名其妙地从高高的书架上自己掉了下来。肯定有原因的，罗韦尔西说，他很快就发现了。

“你看，”他告诉我，“我把那本《神曲》放在十九世纪一本纪念教皇伯尼法斯八世生平的书旁边了。你可能知道，但丁视教皇为头号仇敌，甚至把他写进了地狱。这就是书几次离奇掉下来的原因：那本《神曲》宁愿跳下来也不要和那本歌颂它仇敌的书挨在一起！”

这就是绿棕榈书店，一个充满文化气息的地方，也是一个具有匠人精神和辛勤劳动的地方。罗伯托坚持手写书单和分类卡。有一天，他妻子说服他买了一台电脑。他好奇地看着它，说：“行，咱们就现代化吧。就你使用。答应我一件事：如果你想知道某本书在哪儿，你得问我，而不是查电脑。我妒忌它了。”

实际上，他记忆力惊人，能飞快地在书籍的迷宫中找到书。他会肩扛一把铁折梯，爬上它，够到高达天花板的书架最上层，里面塞满了书。每一本书在哪里，哪个书架，甚至哪个抽屉，他几乎都知道。最重要的是，他有自己最爱的书柜，里面他心爱的一百本书。正是因为他，我才意识到人对文学的热爱是一种无限的博爱，我们因而与这个世间一切的故事和书籍有了戏剧般的联系。但接着，我们就选择了作为读者和作者这样一种独特的爱。

他用钢笔写诗，有时候用打字机，噼噼啪啪地像机关枪。有一次他让我看诗稿，就见上面都是各种符号、删除线，改得几乎看不清。“你明白吗？”他说，“这就是我推敲的过程。”从他这里，我学到写作就是寻找准确的字句，再努力改进。“我们一读再读，”罗韦尔西会说，“但首先我们要一写再写。几个月就写完一本书、不好好修改的作家是不可靠的。”

但当我向他坦白，我在写一本书，有几页写了不下五十遍时，他笑着说：“那你应该停下来了。总得有一个时刻，你把工作做完，让作品开始属于别人。”

你去绿棕榈书店不只是为了谈论高级文学，也是去自我享受，去打牌，去吃一顿面包和大肉肠简餐。罗韦尔西特别喜欢搞恶作剧，尤其当他发现有人很容易上当或有人冒充内行的时候。他会信口胡诌一些书和作者。有一次我们编造了一个叫勒内·耐克西斯特帕斯的诗人：有个顾客充满敬意地听我们谈论，上当了，预订了这个诗人所有的书。后来他来过好几次，要付钱，罗韦尔西每次都带着一种让人发笑的谦卑道歉：“真丢人，他们这个星期还是没有把勒内·耐克西斯特帕斯的书发给我们，很抱歉。”

罗韦尔西付的房租高得离谱，为了让书店开下去，他作出了许多牺牲。当他意识到书店所在的楼房业主想要驱逐他，而市政府又没人愿意相助的时候，他编了最后一个笑话。

我们开始散布传言：绿棕榈书店藏有一件古老的宝物。在书墙后面有一条密道，通向一间密室，里面的东西价值连城。

听说了流言的业主开始以检查房屋状态为借口，频频造访书店。他会在书柜之间逡巡，在墙壁上东敲敲西敲敲，看哪里有空心的迹象，不放过每一个角落。最后我们在桌上留了一把钥匙，故意让他找到，还附了一张纸条：

“这是打开红色之门的钥匙。万不得已才能进去。里面有珍贵的大理石王座。”

这个把戏成功了。业主在一条狭窄的走廊尽头发现了那扇红色的小门。我们假装谈话的时候，听到他把钥匙插进门锁，走了进去。

他发现自己所在的小房间里只有一个马桶：这是书店的厕所。

他重重地甩门，走了。

这就是罗韦尔西和他古怪、神奇的旧书店。我爱这家房间里散发着霉味、光线昏暗的书店，胜过灯光充足、到处都有屏幕的现代书店。

我在本文开头的诗里，把绿棕榈书店称为“地狱”。因为我记得和那位神奇的书店店主的一次对话。

文学（和它的圣殿，也就是书店）是孕育思想的沃土，这些思想在创造的烈焰和反复修改的炉火中诞生。书籍关乎善恶，关乎人甘受谴责，沉入灵魂深处。而在天堂，一切都已完美，没有什么可以改善，一切都已由优美的文笔写就，不必修正，不必反复推敲。因此，文学的命运更接近于一个充满离奇折磨的地狱，而非一切都让人满足的天堂。

绿棕榈书店已不复存在，但它的书，它的言辞，它的经验，仍在这个世间，在我的心中。

（由霍华德·柯蒂斯从意大利语翻译成英文）

斯特凡诺·本尼（Stefano Benni）

斯特凡诺·本尼被普遍视为意大利当代最出色的作家之一。他的小说包括《吧台运动》(*Bar Sport*)、《泥土！》(*Terra*!)、《海底咖啡馆》(*The Café Beneath the Sea*)等。他融社会讽刺于魔幻现实主义的写作风格使得他的许多作品成为风靡全国的畅销书，被翻译成二十多种文字。他也写诗歌、散文和短篇小说。目前斯特凡诺·本尼住在罗马。

一家进步时代的书店

潘卡吉·米什拉

真实与虚构书店诞生于二十世纪八十年代初德里南部瓦桑特维亚地区的市场一角。一九八九年九月的一个下午，我第一次走进书店。一个三十多岁的男人神色忧郁，弓着背坐在一张小桌子后面，四周整整齐齐地堆着平装版新书，高及他的腰。他抬头看了一眼走进书店的我，立刻又低下头。

我是从一个大学朋友那里听说这家书店和它的主人阿吉特·维克拉姆·辛格的。他态度冷漠的名声已经人尽皆知；这意味着封建特权和某种精英教育。而我呢，那段日子正深感贫困和孤立，担心衣着暴露自己低下的社会阶层，所以我对他并没有仔细打量我而感到高兴。

这是一家小书店，大小跟寻常的卧室差不多。但走进书店的第一天，我就待了几个小时，几乎无法从一排排精心挑选的书籍中挪开眼睛。在此之前，占据我人生大部分时间的所谓“书店”指的是卖学校教材和文具的书店，或者是火车站和公共汽车站那些只卖犯罪小说、色情和心灵鸡汤读物的小书摊。带来一些变化的是由苏联资助、在许多小镇巡回的移动书店，它们为人们提供苏联杂志订购服务、组织图书专卖会，你花五个卢比（当时一美元可兑换十八卢比）就能买到两本精装版的苏联经典。

这些书店陈列着左翼国际主义作家的翻译版作品，比如巴勃罗·聂鲁达、鲁迅和纳泽姆·希克梅特。革命英雄高尔基和马雅可夫斯基非常受欢迎，从《静静的顿河》拥有各种版本就能看出，苏联人对他们的诺贝尔文学奖得主肖洛霍夫是多么自豪。但你不会看到布尔加科夫、曼德尔施塔姆或阿赫玛托娃的书。

我从小就经常看到这些不受苏联政府欢迎的作家名字。我读过介绍他们生平和作品的文章；而在真实与虚构书店，他们的书全都能找到。

真实与虚构书店是那种充满惊喜和发现的书店，这在印度日渐稀有：在这里，知名度低一点的伊凡·克里玛与米兰·昆德拉的书放在一起，卡洛斯·富恩特斯、汤亭亭的书也能够像加夫列尔·加西亚·马尔克斯和谭恩美的书那样被善待。哈维尔出版社的欧洲文学经典英译版——列昂纳多·夏夏、埃利奥·维托里尼等人的书——弥补了企鹅出版社更常规的经典文学的缺憾。这里也有从美国进口的书——比如佳酿出版社和万神殿出版社出版的米歇尔·福柯、爱德华·萨义德——这类书在印度很少见，因为印度属于英国主导的英联邦国家图书市场。

一九八九年的那个夏天，我刚转到贾瓦哈拉尔·尼赫鲁大学，注册为英文系研究生。其他同龄人来到这所人文学科在印度数一数二的高等学府求学，是为了今后进入学术界或政府，但我对完成正规教育或者学位没什么兴趣。

以前我一直生活在平静的小镇上，那里什么事都不会发生，我因此沉溺于漫无目的的阅读（也偷偷写一点）。此时我已二十岁，早就过了大多数印度人开始确定职业轨迹的年纪。

我在尼赫鲁大学追求的只是在父母（和印度政府）的资助下再悠闲几年而已。

在这方面大学提供了最好的设施。藏书丰富的图书馆拥有大量欧洲经典。宿舍房间是我见过的最大、最干净的屋子。餐食也价廉物美。然后我就发现了离尼赫鲁大学不到一英里远的真实与虚构书店。

除了苏联书，大部分书我都买不起，这倒使我成了狂热的书痴。我会仔细研究在德里书展上拿到的出版书目，惊叹图书品种之丰富，既有娱乐性，又有教育意义。而现在，它们中的许多书，突然就在眼前了，哪怕一时还买不起。

随后的几个星期，我经常回到这家书店，直到把书架上的书都记在脑子里。店主还是陷在迷你版的书籍摩天大楼的包围中，坐着不动，沉默不语。我不在乎，我只想坚持做让我心满意足的事情，静静地探索世界。

书店这么近，帮我在大得令人望而生畏的德里地图中划出一块属于我自己的小小领地。我这外乡的年轻人刚到德里的时候，这座城市令我震撼。乍看之下，德里为各种新的冒险和增长的可能性提供了充足的空间。在保护得很好的外国使馆飞地，有许多图书馆、书店，还有各国使馆文化处主办的电影节、图书朗读会。

但我既缺钱，又不够自信去频繁享受这些文化活动——不去就不会有这种小小的心理冲击：你从英国文化协会凉爽的礼堂出来，走进湿热的夜晚，在破败的人行道撞见无肢乞丐。这座大都市对文化振兴的承诺也随之变得空洞；它的环境似乎更适合工作、奋斗，而不是休闲、繁荣。

而瓦桑特维亚的这家空调舒适、常常无人的书店似乎正符合我对大都市的所有期待。当时我还不知道，它对店主而言也是一种避难所。经过了几个星期的沉默，阿吉特开口了，他给我咖啡，跟我说了一些他的情况。他在印度顶尖的私立学校和大学接受了教育，然后加入做农业的家族企业，做了以后才意识到这不是他想要的工作——他嗜书如命，和书在一起才感到最快乐。

但是，在当时还属于德里偏僻一角的办公楼开一家书店，仍是一种商业赌博。他不可能指望我这样的穷学生支撑生意。书店对面那家普里亚电影院经常放映软色情电影，看电影的顾客们进了书店准保离开时裤兜里塞一本书。住在瓦桑特维亚的外交官们才是他书店的常客。

阿吉特对图书出版业抱怨得没完没了：抱怨销售代表无知，分不清伊莎贝尔·阿连德和玛格丽特·杜拉斯。他会花大半天审视国际出版社的书目，找出他要为书店采购的重点书，然后在难以控制、效率低下的官僚系统中追踪他的订单。

这一切耗费心血的筛选工作，使得他对某些顾客不耐烦。他们大部分是衣着昂贵的有钱人，买那些价格已经很低或者已经降价的书，还要求打折。这时候他会抬起头，面无表情，淡淡地说："不行。"时间久了，我发现他对顾客的反应严肃程度是不同的。有人要买贺卡或畅销书，他就直接表示轻蔑。有人想不起书名或者作者名，只是含糊地说："关于大象的书……"他就一句话都不说。

要是看到有人不善待书，他会叫出声来，好像很痛苦。我对他的愤怒感同身受。日积月累，我的生活渐渐地围绕着去书店而调整安排；我对他的那些书有一种主人翁的感觉。

阿吉特对我把书店当成图书馆一样似乎挺高兴。但我真心想成为他的顾客，而不是蹭书看的人（那些苏联资助的书店虽然致力于推进社会主义，但他们的低价优惠已经使我满脑子都是私人占有的想法）。

以前，我把饭钱省下来，才买得到我寥寥无几的藏书。在尼赫鲁大学就很少有这种自我牺牲的机会了。我得等着意外的收获——比如生日礼物，我父母或者已经工作的姐姐送的排灯节[①]礼物。

随着攒的钱越来越多，我越来越渴望买一套三卷本的美国佳酿版《追忆似水年华》。我是在阿吉特经常细看的一本书目上看到这套书的广告介绍的。普鲁斯特的这套书，我以前读过企鹅经典版，是从阿拉哈巴的一个老朋友那里借的。但这套佳酿版在我这个痴迷的消费者典型的夸大心理作用下，好像更高级：是特伦斯·基尔马丁修订的斯科特·蒙克利夫译本。

我又去了几次书店，才鼓足勇气问阿吉特能不能帮我订一套，但我只能分期付款。令我大喜的是，他同意了。我至今还记得，经过几个星期的期待，最后在书店看到这套硬壳装书的那一刻，还有把它们带回房间、闻着书页味道时那种纯粹的幸福感。

我自己沉溺于感性消费并非巧合。苏联崩溃了，改革重组和开放政策导致那些由苏联资助的印度书店关门大吉。一家卖贺卡的商店取代了我在德里经常光顾的书店。印度的中产阶级正在抛弃数十年的经济保护

---

① 排灯节（Diwali Festival）是印度教的重要节日。

主义和简朴美德。他们不知不觉地接受起了消费主义文化。

真实与虚构书店所在的市场见证了这种变化。普里亚电影院变成多功能影院就是变化的第一个标志。电影院里先开了一家糕饼店，然后是卖进口奶酪的超市，你可以看到一个日益富裕的阶层中的新贵们尽情消费不断增长的财富。他们光滑发光的肤色、名牌牛仔裤和运动鞋都在宣告他们的阶级和种姓，给这个市场添了一丝光彩，也使我担心阿吉特的书店前景。

二十世纪九十年代，为了寻找理想的隐居之地，我从德里出发，用一天时间来到印度喜马拉雅地区的喜马偕尔邦中的一个村庄。那里的生活宁静、悠闲，我开始更有规律地写作，在印度报刊上发表书评。稿费微薄，但也足以让我每个月买一两本书。我总是带着热心积攒的钱，怀着难抑的激动回到德里。我会直奔真实与虚构书店，找到一如既往弓着背阴郁地坐在桌子前的阿吉特，于是他会饶有兴致地给我看他最近收购的书。

一年年过去，我也能从他那里买得起更多的书，寄到我在喜马拉雅山区的家。我把书从书架上抽出来，愉快地看着我的书在阿吉特桌子旁边的地板上堆得老高。我终于成了常客。

我还和书店建立了另一种关系。企鹅出版社在德里的分社出版人注意到我写的书评，写信问我愿不愿意为他写本书。我感觉好极了，马上提议写一本关于印度小镇的旅行书。我猜想，在日益升高的社会期望中，乡镇已成为印度政治和文化变革的熔炉。

让我离开我的村子，去哪怕只有十英里距离的旅游胜地西姆拉，对我来说都挺困难的，更别说小心翼翼穿过肮脏的印度小镇，想想都觉得不可能。但写一本书，成为一个有书出版的作家，这种在我多年随意阅读、随便写写的时候几乎从未冒出来的渴望，突然之间似乎就要实现了。在六个月的时间里，我在印度各地游历，借助各种交通工具——巴士、小汽车、火车，还有一次轮渡。

在旅行中我发现，我记忆中那个宁静的印度小镇已经随着我充满图书的童年一起差不多消逝了——我童年的印度小镇，有计划生育口号，如“我们俩，只生俩”，有提倡朴素生活的甘地加框的照片；有取代了超人、蝙蝠侠的印度本土漫画；还有满足我们对甜可乐需求的拉斯纳速溶饮料、玫瑰露果汁冰糕之类的本土饮料。

一九九一年开始自由化的印度经济，与宗教民族主义和卫星电视一起，缩短了欲望得以实现的时间，我正好经历了这段过渡时期。人们不像过去那样想要本土替代品了，更别提书籍、别提思考和阅读的文化了。突然之间，到处都能看到宣扬世间物质财富的图像：广告牌上鼓吹三口之家要备各种用途的轿车，豪华别墅要有私人保安。

我的这本描述新印度在晦暗混沌中发展的书出版后，居然卖得很好，令我大吃一惊。这之后我去真实与虚构书店，就看见它在橱窗里展示。阿吉特告诉我有许多人要买。从此往后的二十年中，我每出版一本新书，都会回到这家书店，就为了马上能看到我的书从我曾经渴望拥有的书架上挑选出来放在橱窗里的那种快感。

但是，每次我见到阿吉特，他的心情都变得更沉重了一些。他对图书零售业日渐被糟糕的青少年畅销书统治的现状发了许多牢骚，也对书店所在地区房租暴涨、挤压书店利润很不满。附近开了一家连锁书店，可能会把他挤出市场。亚马逊、弗利普卡特之类的网络书店吸引了越来越多人到智能手机上查更低折扣的书。

国际著名作家参加的文学节在印度发展很快，但几乎对书的销售没有任何影响；用阿吉特的说法，那是名人偷窥秀。年轻读者沉迷于廉价小说和少数作家炮制的心理自助读物，好像永远不会长大，转向更有营养的读物。印度本来就少得可怜的独立书店正迅速消亡。

但阿吉特仍然坚持不卖非文学读物和贺卡。我并不知道，他的书店时间不多了。几年后，有个朋友（我给阿吉特介绍过许多朋友，他是其中之一）告诉我，书店的日子“屈指可数”。这个说法让人感觉太残酷，但至少让我在去年阿吉特终于决定关掉书店的时候做好了心理准备。

我当时在德里，正想去一趟真实与虚构书店，却在一个新闻网站上看到阿吉特写的一篇文章。他说看到老顾客们带着孩子来到他的书店，告诉他们这家书店是“他们长大成人的岁月中不可缺少的一部分”，他感到很骄傲。“他们其实是在感谢我。”他写道。

但他接着写道：“过去好几年里，我经常想，我这个理想的职业怎么了？我忠实的顾客们哪里去了？我们在柜台上讨论读书、发现旧书新书的快乐，渐渐发展起来的友谊，怎么消失了？”

读到这里，我觉得不能回书店了。我为自己那么久不去书店、越来越多地在Kindle上阅读电子书而感到内疚，客观上，对实体书店的破坏，我也有份。

另外，此前几个月一直有一种残酷的论调提醒人们：阅读、写作文学小说和纪实作品，只是极少数人可有可无的奢侈行为。一场恶毒的、往往是残忍的政治运动——印度教民族主义运动——已经开始以知识分子和艺术家为攻击目标。有的作家被暗杀、被殴打，许多书被禁、被公开烧毁，煽动人心的政客对他们发出死亡威胁。他们面对着保守派的暴怒、野心家的不快和富人的鄙视，显然身处险境。

真实与虚构书店于二〇一五年末关门。阿吉特写了一系列文章，其中一篇称这是一种“安乐死”。他似乎解脱了。我和他一样，没有陷入伤感情绪。每当我在街上经过书店，仍会感到一阵兴奋，尽管我知道不会——也不可能——再有一九八九年那个下午我这个年轻的外乡人在真实与虚构书店发现的那种满足。

是的，我们两人也都成了一个疯狂“发展中的”国家的流亡者。它以经济发展和个人提升为优先的事项中，并不包括——很可能是故意排斥——追求智识和文学文化。

自一九八九年那个湿热的日子我初次造访这家书店、梦想拥有那套三卷本的普鲁斯特以来，有很多地标已经消失。印度在一场进步运动中毫不停歇地大步向前。终点越来越模糊，前方的路似乎更显艰难。但“历史天使”就是这样飞的，正如瓦尔特·本雅明所写：“这风暴无可抗拒地把天使刮向他背对着的未来，而他面前的残垣断壁却越堆越高直逼天际。这场风暴就是我们所称的进步。”①

潘卡吉·米什拉（Pankaj Mishra）

潘卡吉·米什拉著有多部作品，包括长篇小说《浪漫派》（*The Romantics*）、《从帝国废墟中崛起：反抗西方与重塑亚洲》（*From the Ruins of Empire*：*The Revolt Against the West and the Remaking of Asia*）。他为《卫报》《纽约客》《伦敦书评》和《纽约书评》撰写政治评论和文学评论，也是《彭博观点》和《纽约时报书评周刊》的专栏作家。

---

① 引自瓦尔特·本雅明《历史哲学论纲》（张旭东译）。此文收录于生活·读书·新知三联书店《启迪》（二〇一二版）一书。

亲密

多尔特·诺尔斯

……一本书胜过一个词语结构，或者说胜过一系列词语结构；一本书是与其读者展开的对话，是赋予其话声的语调，也是留在其记忆里的多变的恒久的形象。

——豪尔赫·路易斯·博尔赫斯

《有关萧伯纳的杂记》[①]

① 引自博尔赫斯《探讨别集》(陆经生译，上海译文出版社，二〇一五年版)。

我想，那是一个夏天。透过奶奶家的窗户，我可以看见街对面的联排别墅。前院的篱笆上有黄色的花朵；我知道那叫金蜡梅。茶几上放着一本洒过咖啡的老书。这里太热了，因为奶奶不敢开窗。问题就出在通风，从身体一侧把她吹出毛病了。疼痛从肋骨下的某个点向上蔓延到肩胛，再到脖子。她说整个脸部都绷紧了，所以家里不允许开窗。我坐在青苔绿条纹的沙发上。书的封面上有两个女性的名字，还有一个穿着礼服、站得笔直的女人。那两个名字一个是作者，另一个是书的主人公。我十二岁，或十三岁，分不清谁是谁。此时奶奶从卧室出来，她刚去拿最后两册书了。“我没法读书了，还是给你比较好。”她说。书放下时，碰到了咖啡杯。不过再溅上一点咖啡也没什么关系。书都被翻烂了。“我以前就不该借出去。”奶奶说。

我收下这些书是因为奶奶读书脖子会疼；她受不了坐着的时候手里有东西，还说所有苍蝇都从地球表面消失了。爷爷生前他们还住在农场的时候，到处都有苍蝇。她说搬到镇上以后，苍蝇就不见了。“很有可能是因为臭氧层上的洞。”奶奶说。而我认为也可能是因为我们不允许开窗。“所以我又读了最后一遍，”她叹了一口气，一只手盖在书上，“你知道，是埃里克森书店店主促使我买它们的。”

她的内心好像变年轻了，不再是奶奶，而是曾经的那个女人。她望着窗外，仿佛她的凝视不会随时间的流逝而模糊。她看的正是金蜡梅。“他是一个高个子男人，”她说，“埃里克森书店店主。那是一家走进去感觉高雅的书店。书架上没有杂物。当然，我知道去哪里找莫滕·科尔克[①]的书。就在进门后的左边，我们，你爷爷和我，都读他的书。接下来我们要做的，就是你爷爷躺在长沙发椅上，我坐在旁边的扶手椅上，我们喝着咖啡，然后我开始读莫滕·科尔克。就这样度过了一个个

---

① 莫滕·科尔克（Morten Korch，1876—1954），丹麦最受欢迎的作家，作品曾多次被改变成电影，已经成为丹麦电影遗产的一部分。

晚上。”

我十二岁，或者十三，熟悉了莫滕·科尔克，他为乡村居民写他们的生活。在那些书中，一切都如田园诗一般，一切都黑白分明。在五十年代，他的许多书被拍成了电影。丹麦人拥进黑暗的电影院看科尔克对农庄生活的浪漫刻画。在我童年的大部分时光，电视台每到星期六晚上就会为这个小国、为这个开始失去根基的民族播放一部根据科尔克作品改编的影片。但在这些影片出现在电视里之前，科尔克的书已经是他们小小家中的常备之物了。奶奶坐在煤油灯下，一页一页地读这些描写农民幸福生活的书，患有关节炎的爷爷则躺在长沙发椅上听奶奶读。“我当然总是能在埃里克森书店找到科尔克的书，”奶奶说，“但有一天，埃里克森本人突然站在书架前。他穿着白衬衫、黑夹克，肯定已经结婚了，因为他的裤子熨出了褶缝。你真的能感觉到他是那种很想为顾客做点事情的人。那可真尴尬。”奶奶虽然这样说，但不是当真的。她总是面带微笑，时值夏天，她的思绪中有什么在绽放。“然后我对埃里克森说：‘我就看看有没有科尔克的新书。’埃里克森说：‘科尔克永远都会有新书，哪怕他没有新鲜的事情可说。’然后他的脑袋稍稍一歪，说我不应该再读这种垃圾了。他的皮鞋很亮，风度优雅，接着他侧身对我说：‘我可以吗，夫人？’我不知道他指什么，顿时脸红了。”

奶奶抬起一只手挡在眼前。此时她仿佛回到了独自面对埃里克森的那一刻，然后我能感觉她又回来了：“他说我应该挑战自己的大脑。他有一些书会对我有帮助。然后他找出西格丽德·温塞特的《劳伦斯之女克里斯丁》[①]。他有整套三部曲，但爷爷让她来镇上是为了买科尔克的书。你知道，到了秋天我们就把地里的土豆挖出来。一排排土豆种得很长，你爸爸小时候，我们把他放在一排土豆的头上，告诉他，他要一直挖土豆，挖到这排土豆的另一头，他就哭。你应该看看我们晚上回到家时候的手。什么都抓不住了，指甲都裂开了，你爷爷还想听我读书。孩子们都无聊死了，因为你爷爷不许他们在他面前说话。收音机也得关了。然后他就躺在那儿，看着天花板上潮湿的污渍，听我读着书中敞开的大谷仓和货物堆得高高的马车。可埃里克森认为我应该买

---

① 西格丽德·温塞特（Sigrid Undset，1882—1949），挪威小说家，一九二八年诺贝尔文学奖获得者。《劳伦斯之女克里斯丁》是她的长篇小说代表作，分为三部《新娘》《主人》《十字架》。

《劳伦斯之女克里斯丁》：‘这是那种你读了就不会很快忘记的书，夫人。’他忙着翻书页和解释，因此我还是没有告诉他，我丈夫多半会不同意。他轻轻碰我的肘，谈西格丽德·温塞特，谈挪威，还有女性的力量。我的天。”

奶奶的老腿不利索了。她总是穿着尼龙丝袜和涤纶面料的连衣裙。当你触摸到她时，她的衣服就沙沙作响。她的眼镜镜片也已磨花。她八十多岁了，爷爷和埃里克森早已去世。“但我还是买了这套书，”奶奶一边说，一边摸着第一卷，然后从咖啡桌上拿起来，“那是我永远无法跟任何人解释的事情：我坐着公交车回家，没有带莫滕·科尔克的书会发生什么。”

奶奶如同上了锁一般的小脸庞背后似乎有什么变化。其中有悲伤，还有骄傲，以及我因为年纪太小而不能理解的某种情绪。但我知道，那是埃里克森留下的痕迹。我们成了别人想象中的那个人。现在，这些书是我的了；或者，我们被自己阅读的书所改变。埃里克森书店从一开始就坚信，我们可以远离那个我们一直被迫待着的地方。我们也有潜力比别人期望的更出色。要让这样的变化发生，需要把对人的爱和尊重作为一种事实——而这样的变化是可以因为一个兴趣广泛而博学的书店店主的存在而激发的。我明白这一点是因为很多年后我本人去了这家书店。那时书店已经由埃里克森传给了下一任店主，下一任店主又传给下一任。但是当我十二岁，或许是十三岁时，我们还坐在奶奶家。我想，那是一个夏天；金蜡梅在盛开。我不知道该拿那些老书怎么办。它们泛黄了，散发着卧室和灰尘的味道。内页被手指翻得皱巴巴的，页边也毛了，书脊早就裂开，书散架了。“我应该怎么照顾它们呢？”我想，“我照顾的究竟是什么？这三本书？还是奶奶的什么？”我不知道，尽管心存疑虑，一年年过去了，我十四岁、十五岁、十六岁，到现在还是没有碰《劳伦斯之女克里斯丁》。我无法读这些被人如此粗暴对待的书，也不辞辛劳，带着西格丽德和克里斯丁从一间公寓搬到另一间公寓。我在大学里学文学、写作，然后出版了第一部小说。二〇〇三年的一天，奶奶在接近一百岁的高龄去世了。我骗了她几十年。每次她问我有没有读《劳伦斯之女克里斯丁》，我都会说：“是的，我读过了。”但我并没有读。我拿到了北欧文学硕士学位，没有读过《劳伦斯之女克里斯丁》也能在各种文学场合应付自如。但我仍保存着这几本书，放在储藏室的一个盒子里。我不知道该怎么处置它们，奶奶已离开人世。我不能把它们一扔了之。

接着就发生了下面这件事情。如今我快四十岁了，在哥本哈根定居，远离了日德兰半岛中部的土豆地。不再有要求听故事暂时远离现实的爷爷，不再有愁眉苦脸的奶奶。我刚写完一本短篇小说集《空手劈》，上市了。我正在哥本哈根的老国王路上走着。冬天了，我的双脚被黑靴包着，双手缩在手套里，在严寒中稍微走几步，就能看到眼前呼出的气。短篇集里的故事获得好评，我感到自豪。在十字路口的远端有一家书店，看上去又小又温馨，是我没去过的书店。我突然想进去看看有没有我的书。于是我穿过马路，跨进温暖：进门就响起铃铛声。

我的眼睛先得适应昏暗的光线，然后我看见了柜台和柜台后的女士。她不年轻了，开襟毛衣的扣子扣到胸部以上。我说我就随便看看。她点点头，然后我走到陈列新书的书架前。食指指尖深情地滑过作者首字母为 L 和 M 的书，接着滑到 N，我的书就在那里。在一家书店里看到你自己的书，永远都是有意义的，即使我家里有一箱子作者样书，我还是忍不住摸摸现在这一本。我把它从书架上抽出来，打开，翻阅，读封面上的文案，想象我是书店里某个陌生的顾客，正在考虑买这本书。它挺薄的，属于那种很容易在书架上看不见的书。也就是说，它很容易被人忽略。而我是多么希望人们能看见它，翻开读，越读越感兴趣。于是我把它封面朝外放在书架上，而不是放回书架原来的位置。我让它面向读者——简单说就是展览——我一边放，一边露出有点羞涩的微笑，好像我在向陌生人袒露裸体。这种行为很傻，但有一种温柔的意味，至少我是这样想的，然后我就匆忙走向另一个书架。拿一本书，看看售价，嘴角挂着少女般的微笑走向柜台。

此时她就站在那里，那个柜台后年长的女人。她个子不高，我把书放下，说："这家书店真不错。"她点点头。我说："实际上我也写点东西。"这么说挺让人冒汗的，但我就是忍不住要说。她没搭话。我又说："我被刚上市的新书吸引，想看看我的一本书。我忍不住把它的封面朝外摆放了。"说着我笑出了声。人有时候是会这么疯狂。然后我的目光从她正装进一个小袋子的书上转移到她脸上，看到她板着脸："你是不是把我店里的书都挪了位置？"她想知道。我说，挪来挪去也还是在首字母 N 区。她从柜台后走出来，挤着我的身子走过去；我闻到淡淡的薰衣草味。书店外开始下雪，这位穿着尼龙紧身衣、裙子和平底鞋的女士向首字母 N 区走去。她踮起脚尖，拿起我的书，插进它原先所在的大致位置。“你知道有多少作家到我店里来捣乱吗？”她说着，又从我身前擦身而过，“你们都想让自己的书被读者看见，拿起来摸，可你们乱放书，我找不到，就没有办法卖你们的书了！”

我从里到外都裹得严严实实，以抵御斯堪的纳维亚的冬天，但在此刻，我仿佛浑身赤裸地站在那里。我想在这个女人的注视下保护自己，因为她质疑的是我的正直和我在这里的意义。她既不想接触我，也不想被我接触，既不想看见我，也不想被我看见。她甚至不想跟我在同一个房间里。她说：“离开我的书店。”我说：“什么意思？”她说：“你听到我说的了。出去！”我说：“可你不能这么做。”她说：“我想做什么就做什么。这是我的房子。”

幸好外面的十字路口还有一个穿绿衣服的男人。我在雪中带着小袋子离开了这个“犯罪现场”。我走啊走啊，一直走到市政厅路口的面包店才忍不住哭出来。我不想停下来，因为冬天很冷；路上我遇到的所有人的脸都扭曲得像扮鬼脸，我尽可能快地穿过公园，来到我家所在的街，走进正门，直奔五楼：太羞耻了！

我抑制不住泪水和愤怒。她就像是一个嘲笑玩伴的孩子，我在屋里走来走去，她不能那么做！我们两人本来应该是同一个阵营的，我以为她肯定懂得这个道理；结果我好像犯了错，成了弱者，她因此惩罚我。我的心在滴血，信心受了伤，诅咒的话说得喉咙发干，我决定要让老国王路这家书店里的女人懂得这一点。于是我坐在电脑前开始写：

亲爱的店主：

我今天在您店里，您肯定记得把我赶出去的原因。我想跟您说说我祖母和一个叫埃里克森的人的故事。他是日德兰一家书店的店主。有一天她走进他店里，要买一些类型小说，回家读给我干活干得筋疲力尽的祖父听。但埃里克森知道他的使命，并说服她买了一本诺贝尔文学奖获得者西格丽德·温塞特的代表作。可我祖父是让她到镇上买科尔克的书。她回家以后祖父作何反应，并没有记录。关键在于，埃里克森明白他创造了一个让读者与书相遇的实体空间。这种相遇是脆弱微妙的，但他知道怎样能不失尊严地进入。还有好奇心，没有书离得开人的好奇心。简而言之，埃里克森在他的书店里做的是一种文化延伸服务。他去世的时候，接替他管理书店的人知道，他也应该尽量在顾客身上看到某些他们不见得自知的更重要的品质。他也明白，他就像是文学延伸的手臂，如果他不信任文学的力量，也就无法信任顾客——甚至更糟，无法信任两种意识之间相互的亲密关系。是作者写了文学作品，即使她本人可能是一个可怜甚至可笑的人，她还是货真价实的作者。别的不说，埃里克森尊重这一点。我知道，因为我年轻时，有一天在埃里克森书店要买一本浅薄的书，也有一个老人把我拉到陈列博尔赫斯作品的书架前，正是博尔赫斯写了下面这句话：

“一本书并非孤立的存在：它是一种关系，是无数关系的核心。”①

在埃里克森书店，他们知道他们提供的是各种

---

① 引自博尔赫斯《探讨别集》。

关系的空间，无论是潜在的、现有的，还是断裂的关系。他们知道——但您呢？您知道它是围绕着亲密关系展开的吗？也许那正是今天的事最让我感到害怕的地方：您确实知道但不管不顾。我再也不敢踏进您的书店了。

某某　敬上

我毫不犹豫地寄出了这封信，然后走进储藏室，挖出被我活埋在盒子里的《劳伦斯之女克里斯丁》。我不想让埃里克森白费心思把这样的书卖给一个土豆种植农的妻子。

（由美莎·胡克斯特拉从丹麦语翻译成英文）

多尔特·诺尔斯（Dorthe Nors）

多尔特·诺尔斯一九七〇年生于丹麦海宁，目前定居日德兰半岛，毕业于奥胡斯大学文学和艺术史专业。除了短篇小说集《空手劈》(*Karate Chop*)，她还出版了两部中篇小说和五部长篇小说。她的短篇小说曾发表于

《哈珀》《波士顿评论》《AGNI》《公共空间》《格尔尼卡》《卫报》等报刊。她是第一个在《纽约客》发表短篇小说的丹麦作家。二〇一四年，《空手劈》获得P.O.恩奎斯特文学奖。

波希米亚路

伊恩·辛克莱

“结业清仓优惠。”这手写告示给我的震惊简直不亚于丧失亲人。在滨海圣伦纳兹[①]的波希米亚路，逃犯们在兜售军用剩余物资、塑料鸭饵、电动残疾人车、针织毛线、狂欢节面具和聚氯乙烯护士服，可这告示并不是季节性的清仓噱头。“爱书人驻足”书店的书是有机的：一群心满意足的无期徒刑犯组成的殖民地。阴湿角落里的大部头书在暮光的持续照射下发酵，犹如潮湿地窖中的蘑菇。这一大堆状态糟糕的废纸也是构成这栋建筑的一部分。散发的气息闻起来，说得好听点，好像一种延迟的死亡。这座收藏着前图书馆里抢救出来的书和二手书中的缓刑犯的图书馆，骄傲地宣告着后事。这些书光荣地随着它们的前主人一起逝去：

① 滨海圣伦纳兹是英国东南部的东萨塞克斯郡黑斯廷斯市的一个海滨小镇。

退休老人、屯书癖，还有资助费用已用完的慈善受助人。这些书被葬在开放书架上，等待着淀粉喂养的蠹虫来蚕食，然后又被临床诊断有忧郁症的顾客当作合法的毒品粉末、底层人的可卡因吸食——他们像贵格会教徒一样沉默，像毒瘾很深的人一样嘴唇发白、说话含糊、神志不清。常客们都把门上的招牌“爱书人驻足”当作一种命令。他们在人行道上僵立，先确认有没有人跟踪，再悄悄地闪进店里，加入永恒的守灵。书店安乐死之际，正在为一份重要的精神来源举行最后的仪式。

我穷尽一切可能，孤注一掷狂买一通。从波希米亚路回来后，我就感觉那些书比这家书店还要古老。它们是遥远的铁器时代的陪葬品；是某个消失的文明残留的遗迹，书店的框架围绕着它充实，仿佛一项不断推进的土木工程。从火车站艰难地爬上陡峭的山坡是一段朝圣之旅。途中我经过那座丑陋的教堂，里面的牧师在火车站酒吧结识了一群可疑的同伴后，在教堂里主持了一连串非洲绅士与东欧女士的婚礼，这些人此前素未谋面。上山的过程就像经过三天的跋涉，从山脊的路下山走进埃夫伯里石圈[1]，同样有心跳加速的预期，同样要调整身体的磁极。

店主克莱夫·林克莱特谈到，他是心血来潮才决定展示那本我们敬畏的《英国黑白花牛血统登记册》第三十九卷的。这不讨喜的书简直就是书店的一件家具。在这里，书不仅是这座洞穴的家具，还是它的顶梁柱，支撑着下陷的墙。你从地板上堆叠得像石笋塔一般的、略显疲态的书柱子里拿出一本被尼古丁熏黑的、松散的小册子都会有负罪感。当克莱夫把这本登记册放到橱窗里展示时，那就是结局的开始了。双层书架剧烈震动，嘎嘎作响。那本古怪的书在东萨塞克斯郡发生的连锁反应，相当于中国的蝴蝶扇扇翅膀就引起了气候变化，得克萨斯州刮起了龙卷风，泰国发生了海啸。世界末日。谢幕。无尽的长夜。

波希米亚路正是这样一个正常运营的二手书洞穴的理想所在。这个洞穴代表了一种如今已经消失的美好生活的一切，这种生活存在于想象中的那个被我们称作英

---

① 埃夫伯里是一个新石器时代墓群，地处英国西南部威尔特郡的埃夫伯里村。墓群包含石头围成的三个圆形，是欧洲最大的石圈，也因此成为英国最著名的史前景点之一。

格兰的国家。乔治·奥威尔在一九四六年的散文《水中月》中写了他理想中的酒吧，以下是古旧书店版的“水中月”：那鸦雀无声的棕褐色酒吧并不在现实空间里，只存在于约翰·梅杰演讲撰稿人的春梦中。

“爱书人驻足”书店的确存在，存在于现实边缘超过五十年了。它在真实的海滨小镇真实的郊区一个真实的地址上。但我始终不能完全相信。一开始，作为一个每周都要给卡姆登步行街[①]上的书摊补货的饥渴书贩，我停好车以后，审视着波希米亚路上那些有嫌疑的商户橱窗，希望克莱夫仍在那里，继续经营着书店。经常有一个自学成才的人跟我同行，他叫德里菲尔德，留着板刷头，号称考察过这个岛国每一处书的巢穴，揭穿过每个暗自发抖的书商的伪装。不过当德里菲尔德舔着他的蓝笔，对自己贬低别人的刻薄才能，得意得像只海豹一样直哼哼，开始用大写字母写《德氏全英二手/古旧书店指南》时，他的倒霉也就开始了。这位保守的无政府主义者在诺丁山开过一家失败的免费书店，顾客们打量着店里的书，根本不相信书可以免费拿。这次失

① 卡姆登步行街是伦敦伊斯灵顿区一条以古董店、各种小店小摊著称的步行街。

败给他的教训是：要保持低调。你不可能做一个自我宣传的隐形人。如果你时不时在大报上受到追捧，然后又穿着黑白格灯笼裤上电视塑造可靠的形象，那你就逃不了税单、账单、法警和债权人。德里菲尔德等着消失到来的那一天。要么是他自行了断，要么是被越来越多被他激怒的人之中的某个人拿着法院传票和锤子把他抓走。

第一版德氏指南于一九八四年以自出版的形式问世。这本实操性很差的指南对“爱书人驻足”书店的评价是：“有中等规模小众书的存货。售价很低。特好打交道。可换书，还价。”评价很高。当然，克莱夫的书店是“德氏特例”：在那里，这个嘴巴像扩音器一般的恶棍可以敲诈勒索店主，让他以近乎白送的价格掳走一袋子书。但关键是在撒切尔主义真正打击英国社会之前，在互联网冲毁林克莱特这个自由职业者逃避贫穷的书店之前，黑斯廷斯地区足足有十二家二手书店。可是到一九九五年最后一版指南出版，德里菲尔德放弃了这个项目，到印度销声匿迹七年的时候，这里只剩下了黑斯廷斯的四家和圣伦纳兹的四家书店。德里菲尔德是个街头演说家，换句话说是个巧舌如簧之人。他把那本指南的前四十六页都给了单口相声一般的段子，然后开始对成立于千禧年前、至今仍在坚持的书店作了一番详细调查。“爱书人驻足”书店的条目扩充了，在增加的内容中抨击店主胆敢当作者（他本人也应该听听这个警告）“你会认为书商是最不想写书的人，因为他们平时就被如今已被人遗忘的昔日畅销书包围着……现在林克莱特先生只关心怎么卖他的自传”。

一九九四年，克莱夫给我寄来了他的《书店窗口的沉思》一书，我发现了这一危险的信号。大多数书店老板趴在书桌上的时候，会想象自己也是作家。假如给他们半分机会，他们都会胜过那些被过度宣传的骗子，而这些骗子写的垃圾如今却充斥着他们安身立命的地方。但不知何故，他们从来没有全力以赴这么做。让入侵者和潜在的窃贼（也被称为顾客和经销商）远离店里的书，已经占据了他们太多的精力。他们低矮的王国是书的监狱，在这里，他们可以悠闲地报复他们讨厌的书，也就是那些拒绝逃跑的书。

林克莱特是这类人当中最温和、最有人情味的，他有雅量容忍英格兰南部海岸最刻薄的虚度时间的人；那是一群哭哭啼啼的毁书疯子，他们空虚的日子里想的都是用什么新办法要到极其罕见的珍本书。价格他们肯定是马上拒绝的，还要磨磨唧唧地砍价，要给他们好处才能把他们撵出去。克莱夫顶着一头睡觉睡乱的头发，胡子拉碴（他以此形象自豪），看上去好像应该在睡衣外面再套一件破破烂烂的守门员球衣。在他轻松有趣的书里，他承认，宁愿在被他塞在角落里的那台闪着雪花的电视机上看足球赛，也不愿去防备潜在的买家。真的，他宁愿看点任何别的东西：埃塞克斯居民休闲中心的大肚飞镖、单板滑雪、水下象棋。甚至宁愿在电话上和德里菲尔德聊三个小时。后者要克莱夫详细描述在克罗伯勒①的教堂门外排队，等开门参加图书慈善义卖会的经历。他是那群穿制服的女童子军当中唯一的成年人。

最后清仓结束，克莱夫可以在闲暇时看看足球，也可以再捣鼓一本回忆录。他是自由人了。而我们，他的寄生虫，他锱铢必较的常客，却好像蒙受了丧亲之痛。几年前，我也有过同样的举动。我卖光了书，埋头写作。卖书和写作这两个行当密切相关：这是一种可敬的、利他的职业，以合理的价格，为饥渴的但逐渐减少

① 克罗伯勒是东萨塞克斯郡的一座城镇。

的人群和虽然有资格但被人轻视、吭哧吭哧写产品的写手群体提供阅读素材。书商梦想着待在家中很晚起床，把笔记整理成广受好评的杰作。而作家呢，当出版第一本书的新鲜感消失，每出一本书预付金就缩水一点，为了赚这点预付金还得折磨自己继续炮制平庸之作时，他们就会幻想在背靠南唐斯丘陵的一个宁静的村庄里找到那家令人愉快的古旧书店。

一九七五年到一九九五年之间，我是个书商，先是每周摆摊，然后到书展上摆摊；我是个写一点文字、有时出版书的书商（是那些被再次遗忘、无人问津的图书的策划人、推广人和考古学家）。从一九七九年我自己的独立出版社歇业（因为成本飞涨、市场需求萎缩）起，到一九八七年迈克·古德马克（他是一个白手起家的企业家、一流的双层玻璃推销员、东米德兰兹地区的书店店主，后来还是个画廊老板）很不理智地要冒险出版我的第一部小说《白教堂与猩红踪迹》之前，我什么也没写出来。至少我是这样认为的。但是，精明的美国目录学家杰夫·约翰逊说，我那六十来篇书目放在一起，也构成一种特殊的小说。他是对的。这些文字包括为我自己写的广告语、小文章、精选评论、对不付钱的人和名不副实的当红文坛明星的谴责。这种自出版的小册子以书单的形式为那些被剥夺权利的书复仇。这种形式以前也被J.G.巴拉德等人用于短篇小说创作。这些小册子都有插画，看上去与朋克风格的另类生活方式爱好者杂志或者（有加钱）反文化宣言小册子不无相似之处。

要是没有我在“爱书人驻足”书店这样的边境交易点之间穿梭的“赏金猎书”经历（一天跑十来处），我永远找不到《白教堂与猩红踪迹》的故事张力。我是说那种潜在的能量系统，也就是市场的隐喻——你能得到的才是最有价值的。德里菲尔德和他捡破烂的同伙们被我塞进书里变成了小说人物。我要做的就是降低他们的古怪程度，要不真实的事情会显得过于夸张。这是一个共济会式的世界，充满秘密流通、阴谋、背叛、上瘾、用猎枪自杀的故事。一个以神秘的规则和严格的等级制度管理的世界。我能在一周内追踪一本书，从布里克巷和柴郡街的阴沟，到萨维尔街和考文特花园的水晶橱柜，过程中每个人都想分一杯羹。但简单而本质上封闭的系统随着互联网的到来瓦解了；突然之间，所有的信息在那儿都唾手可得，你渴望的书要么价格高不可攀，要么只需付邮费就可得到。一个靠小道消息、传言、迷信和坏消息维持的亚文化一下子被破坏了。克莱夫·林克莱特挤在书堆积如山的桌子后，隐藏在收购进来、尚未标价的图书堡垒里。他说如今顾客们都在利用他的书店发现某本他们要找的书，然后上亚马逊或 AbeBooks 去比价，那里的售价会比他的书店更优惠。

二十世纪八十年代的街头交易是对撒切尔经济政策的一种有效展示：最不能适应的人生存了下来，起初是靠继承家产，后来没有把家产败光，也主要是凭运气而不是判断力。一九八〇年，我不再写诗了，克莱夫·林克莱特则接手了“爱书人驻足”书店并保留店名，以相当的敬意（对书店原封不动，没有改造）推进书店业务，却进入了一个更为动荡的时期。被撒切尔夫人的铁腕政策整得晕头转向的自由职业者反应各种各样。有人选择做流浪汉，走着走着就不见了。他们像直接跳上了泰比勋爵神话自行车①的德里菲尔德一样，在寻求交易中漂泊不定。云集着古旧书仓库的老镇中心，遭到了帕

① 泰比勋爵是指诺曼·泰比，英国保守党政治人物，二十世纪八十年代先后担任撒切尔夫人政府的就业大臣和商业大臣。他在回应公众指责撒切尔夫人的私有化政策造成大量失业时说过一句名言：“骑自行车找工作去。”

特里克·凯勒在他的电影《伦敦》[1]中视为一种“郊区至上”论调的攻击。你不仅废除了地方政府、老左派的权力基础，还废除了“地方性”这个概念，你把“地方性”视作一种“泛滥的矫情”，然后放任整个市场向每一种国际洗钱形式开放，从军火交易到经济刺激主义。对于即将销声匿迹的图书盗版业来说，这真是个温床。有人唯一的财产就是一只松松垮垮的黑色手提箱，高速公路服务站的一台电话机就可以是他的办公室。

那些身心受创、用化学物品刺激的亡命之徒，我称之为“门诊病人”——有许多是六十年代梦想的遗民：他们是差一口气的摇滚明星、无人赞助的诗人、生态保护先驱、没有终身教职的二三流学者。那些沉迷于英雄式的现代主义神话的作家，搜集书籍和文稿，以逃避写作的麻烦。通过我的书目，我遇见了许多艺术家、电影人、档案收藏者。他们给自己囤积密室推理小说、无名的毒品恐怖片、女同性恋吸血鬼色情片、漫威反派漫画、超现实主义作品、男同性恋作品、开膛手学材料等

① 帕特里克·凯勒（Patrick Keiller，1950— ），英国电影导演、作家。他一九九四年的电影《伦敦》(*London*）从一部虚构的日记角度讲述了伦敦的衰落及其衰落的政治和文化根源。

各种奇怪的东西找了正当理由，把这种嗜好视为维护文化价值的一种原则。就像雷·布拉德伯里笔下的小说《华氏 451》中的人物，在焚书时代自行承担起把书存入记忆的责任。那种在复杂的政治关系中率性而为的流亡行为是很有诱惑力的。克里斯·佩蒂特一九七九年的电影《电台》，选择以伦敦到布里斯托尔的旧时公路为拍摄背景，拍成了正片。片中有一个北爱尔兰新兵蛋子，有西尔伯里山、冰冻的英格兰田野和电网塔架，还有当时神经质的配乐。它就像是那种典型的淘书之旅，只不过没有书。佩蒂特成了我最稳定的客户之一。在独立电影经济崩溃的时候，我马上就为他的小说《罗宾逊》准备好了关于苏荷区的参考书目。

我已经展示了七八十年代掠夺性的图书交易氛围是怎样影响我文风的。之前那些关于“爱书人驻足”书店最后时日的速写显然是浓墨渲染的，也是出于盲目的爱。不过那并不比店主林克莱特自己的《我与灰指甲》[①] 式的日记更残酷。这本日记写了他一年中鲁莽的

① 《我与灰指甲》(*Withnail and I*) 是英国导演布鲁斯·罗宾逊一九八七年的喜剧电影，讲述六十年代两个落魄的伦敦演员到乡间努力摆脱潦倒状况的故事。

交易记录。克莱夫喜欢看到顾客和书贩子们乱糟糟的头发，牙缝里还塞着肉的暗色牙齿，在火车站睡觉穿戴的标志性发霉大衣和无指手套，贴着慈善义卖标签的厚厚报纸，用来当作过夜的加厚保温层。他知道，波希米亚路是最后的筛子，接住那些被抛弃的藏品的漂浮碎屑、被迫退休的压舱物。“爱书人驻足”书店就是英吉利海峡前的最后一张网。林克莱特走访黑斯廷斯方圆三十五英里内的每一个小镇。“有的地方我以前去时还有书店和古董店，现在发现都被房产中介和抵押银行网点代替了。”他非常想带点东西回去，于是花了十五英镑买了一本以前被人当切菜板用的比顿夫人《家庭食谱》，还有一张经过证实的弗洛伦斯·南丁格尔的亲笔签名。不幸的是，这不是那个“提灯天使”[①]，而是在贝克斯希尔乐施会商店做兼职的一个同名同姓的义工。林克莱特承认，这个签名也就是“只有写在一张支票上时才有点用”。他要是发现这个签名是圆珠笔写的，就不会搞错了。

我从没在“爱书人驻足”书店捡漏过什么宝贝，不过也没空手而归过。讨价还价得到的书（能让我开心

---

① “提灯天使”是对护理事业创始人和现代护理教育奠基人弗洛伦斯·南丁格尔（1820—1910）的尊称。

一周）来自贝里圣埃德蒙兹、海峡群岛、汤顿、鹿特丹、拉特兰等地。那本崭新的黄红色初版布拉姆·斯托克《德库拉》要价五十便士，因为“这年头没人要精装版”，旁边还有一本挺新的平装版，用电影海报做的封面，售价两英镑。从波多贝罗路天桥下的地摊上搜刮来的约翰·列侬文集《他自己写的》，上面有披头士乐队所有成员和他们当时的女友，以及海伦·夏皮罗[1]的签名。D.H. 劳伦斯送给《儿子与情人》中米丽安的原型杰西·钱伯斯的那本屠格涅夫的小说。上面有亨利·詹姆斯亲笔修改笔迹的口袋本。这些东西在林克莱特书店里的停留时间不会超过十分钟。克莱夫开价那么公道，图书陈列那么舒服，每次去都不会浪费时间。我想起长眠于霍夫海滨的诗人李·哈伍德写的一个短语，“被包围的体面”。那是克莱夫真正擅长的。那也是曾经遭受威胁、如今已经消失了的品质。

我不做书贩、开始写作以后，“爱书人驻足”书店就成了我的参考资料图书馆。我因此接触到许多研究材料和我以前从未想到有朝一日会需要的怪书。星期六一

---

① 海伦·夏皮罗是二十世纪六十年代英国红极一时的流行歌手。

上午步行上山是我不带金属探测器去海滩淘金的方式。我总是背着一袋子的新发现偷偷溜回公寓，都是以相当于几份周末大报的价钱买到的物超所值的好东西。

比起这种狂欢荒诞的细节，“爱书人驻足”书店是一个变化世界中固定不变的点，哪怕它内部几经变动。书店歇业，“传奇”(从哪里来，往哪里去?）不再需要支持时，克莱夫给我看一张黄色的制片，上面是爱德华·普雷斯顿勾勒整理的波希米亚路的历史。你看到这家店以各种面目渐渐消失的过程，它位于建筑师詹姆斯·伯顿①在乔治时代对滨海圣伦纳兹这个地方规划的外沿山脊上。或者，换用此地宣传者的话说，“滨海圣伦纳兹”是“伯顿的圣伦纳兹”。

二十世纪初那些年，波希米亚路 127 号是自由党俱乐部的所在地。自由党②衰落后，一个古董商马丁先生赌了一把接手，后来又转让给生产捕鼠器的斯通兄弟公

---

① 詹姆斯·伯顿（1761—1837），英国乔治时期最成功的地产开发商、建筑师。

② 英国历史上一个曾经长期执政的政党，成立于一八五九年，曾与保守党并列英国国会两大政党，直至一九二二年被工党取代，成为第三大党，仍相当具有影响力。到了一九八八年和社会民主党合并（两党数年前已结为政治联盟），组成自由民主党。

司（很奇怪，这些名字好像都附着在这个房产上。我和当时最好的书探、摇滚吉他手马丁·斯通就去过好几次这个南部海滨。马丁是《白教堂与猩红踪迹》中一个人物的原型。有一次去黑斯廷斯，我们遇见旋涡主义摄影家阿尔文·兰登·科伯恩死后从他书房中散出来的藏书。我至今还保存着科伯恩收藏的 E.A. 沃利斯·巴奇[①]的著作《陪葬品仪式》，里面有科伯恩玄妙的藏书票）。

斯通兄弟在这里没多久就决定不做捕鼠器，改行做古董生意。那也没有持续太久，古董店从来都开不久：要对海滨的古董店下一个定义的话，它就是阶层跃升中一个必不可少的补给站，但到后来会变成外表光鲜内里空洞的房产、流行 T 恤店和咖啡连锁店。有个叫昆兰的文具商也很快失败了（好像预见到他会像奥逊·威尔斯在《历劫佳人》里演的那个古怪警长昆兰一样。在这部电影中，玛琳·黛德丽饰演的角色告诉警长，他的未来“全完了”），然后在一九二三年把房产转让给了做玩

---

① E.A. 沃利斯·巴奇（E.A.Wallis Budge，1857—1934），英国埃及学家、东方学者，供职于大英博物馆，出版了大量关于古代近东文明的著作。

具和渔具投机生意的人。然后是接待传教士的基地。然后是女装店。然后一分为二，一半是特种衣橱店（卖尸体解剖设施），一半是黑斯廷斯广播电视公司（向死人播送节目）。

六十年代初，这处房产有了王牌：二手书。J. 西蒙兹先生把衣橱、五屉柜扔掉，以便把塞东西的货架扔进来，就当以相同的价格做房间清理。一九六五年，他把书店传给退休公务员 F. 摩尔先生，后者决定把店名改为"爱书人驻足"，招牌一直挂到一九七八年。两年后，积极进取的年轻人克莱夫·林克莱特找到了自己的事业方向。书店以其自有风格起起落落地经营着，直到二〇一六年，成为绝唱。一堆堆书激励着浏览者、书迷、中小学生和久经考验的书贩（比如德里菲尔德和斯通）。林克莱特理应获得文化遗产资助和不可移动文物保护令的保护。他实际上不是在卖书，而是以很低的价格把它们租出去。他差不多就按照字母顺序把上架的书大致分门别类，也没有做作地安排一个人随时随地为顾客提供服务。但他也不会承诺什么。他的样子颇为疲乏，但从来不需要叫救护车。在忠诚的老顾客心中，"爱书人驻足"书店歇业的消息将会像肯尼迪总统遇刺那样被深深记住。那是黑斯廷斯黑暗的一天。将破败的图书馆冲上岸的潮水如今变成涓涓细流，把这里变成泛滥的二手慈善商店。管事儿的是执业资格都被吊销的会计和疯子。他们连最简陋的平装书都不敢降价卖，经营方式令人绝望。

在清仓促销的第一个星期，书店所有东西一律一英镑：最大开本的书、皮面精装套书的散册、厚重的画册、军事回忆录、影星泡沫书、配书匣的弗里欧书社版图书，还有已经过时的作家作品的首版，自从克莱夫的书店开张起，它们就像被胶水固定在了书架上。第二个星期，售价五十便士。但无论挑剩下什么，都会被某些想要在这一带海滨更远的地方自己开书店的乐观分子扫货带走。买书，卖书，买书，打电话，乞求，祈祷，卖书——这无穷无尽、周而复始的买卖是一种负担，克莱夫总算放下了。他有时间可以聊聊真正的爱好了：当加雷斯·巴里的粉丝，无论他在哪个俱乐部踢球。巴里是黑斯廷斯当地人，霍林顿村的。他跟克莱夫的儿子踢过球，如今在埃弗顿俱乐部。克莱夫午餐时间在酒吧里看了“太妃糖”队[①] 2∶1 击败切尔西队的那场比赛。加

① “太妃糖”是埃弗顿足球俱乐部的昵称。

雷斯·巴里如今已进入职业生涯晚期，这位前曼城队的国脚正在收购波希米亚路一带的大量房产，作为一种投资。如果最后他把“爱书人驻足”书店也收入名下，那真是画下了漂亮的闭环。

两周以后，我沿着游行大街向西走，在被烧毁的码头废墟边，见到精神焕发的林克莱特先生。他跟太太（我以前从未见过）推着婴儿车在散步，婴儿车里是他的孙子。在室外光天化日之下撞见一个书店穴居人，这种事情通常是令人震惊的。但克莱夫面带微笑，脸蛋被冬天淡淡的阳光晒得红扑扑的。他正享受着新生活。我的书店布包里装着两条新鲜的比目鱼和一瓶有点漏气的散装桃红葡萄酒。这家最近从伦敦南下的酒商的特色是店里有一小批书籍售卖，以及有黑斯廷斯当地知名作家的作品展，如阿莱斯特·克劳利[①]、罗伯特·特雷塞尔[②]。自从“爱书人驻足”书店关门，我就陷入了自我

① 阿莱斯特·克劳利（Aleister Crowley，1875—1947），英格兰神秘学家、仪式魔法师、诗人、画家、作家和登山家。

② 罗伯特·特雷塞尔是住在黑斯廷斯的爱尔兰作家罗伯特·努南（Robert Noonan，1870—1911）的笔名，他以社会主义小说《穿破裤子的慈善家》著称。

否定。我提不起精神去比那里品种更少的书店。

告别克莱夫时，我意识到我的书包，我拥有的最大最结实的包，印的是麦格斯兄弟古书店的纹章，上面写着“女王陛下钦点珍本书籍、书稿传承者”。这个包大得毫无必要，因为在位于伯克利广场的这家令人胆战心惊的书店①，我最多就买一本小册子。而克莱夫呢，当我经过讨价还价拿着十来本战利品的时候，就给我一个亚洲小超市的那种薄购物袋。巧合的是，此时此刻，滨海圣伦纳兹波希米亚路的克莱夫·林克莱特和梅费尔伯克利广场的这个国家声望最高的古书店总经理埃德·麦格斯，正感受到同样的经济现实主义寒风。

我为了给卡姆登步行街的书摊补货而第一次洗劫“爱书人驻足”书店时，埃德·麦格斯正在他们的家族书店当学徒。一九八〇年，他开始扛起书箱、打印发票的那一年，林克莱特创业。埃德时不时光顾我在伊斯灵顿区的书摊。他和克莱夫一样友善，在音乐方面的背

---

① 麦格斯兄弟古书店是世界上最古老的古书店之一，建于一八六三年。书店位于伦敦市中心的梅费尔区伯克利广场50号（二〇一六年迁走），以闹鬼出名。

景也不无相似之处：在乐队演奏，在地下俱乐部当DJ。麦格斯兄弟古书店由尤赖亚·麦格斯于一八五三年创建，坐落于伯克利广场，与劳斯莱斯汽车展示厅相邻。这家伟大的古旧书店占据着令人望而生畏的十八世纪建筑，就像是高级精致版的“爱书人驻足”书店。麦格斯兄弟会在拍卖会上用几百万英镑买下想要的书，而不是乱抢，正如克莱夫不得不拿一瓶劣酒的价格从一群围着他的萨塞克斯牛仔手里收购书。这两处房子都闹鬼。梅费尔那栋的游魂据说来自有马厩和女仆的年代，波希米亚路的那栋则是一个逝者的幽灵，还有爱书人、嗜纸人的幽灵。

正当“爱书人驻足”书店告别幽灵传说之时，麦格斯兄弟古书店也震惊了业内——仿佛威斯敏斯特教堂一夜之间顺流而下，书店搬到了柯曾街规模不大的临时店面。一切都结束了。也许书籍和捕鼠器、自由党一样，只是风行一时的过眼云烟。看来房产才是绝对的。使用房子的那些行业起起落落。而一个个人、失意的摇滚明星和回忆录作者，才会给一个地方带来生命。他们给兼职作家提供了灵感。虽然正如金斯伯格所说，我们永远得追求出版。

伊恩·辛克莱（Iain Sinclair）

伊恩·辛克莱自一九六九年起住在伦敦东部的哈克尼区。他的小说包括《顺流而下》(*Downriver*)、《氡子体》(*Radon Daughter*)、《兰多尔的塔》(*Landor's Tower*)、《在石头上进餐》(*Dining on Stones*）等。他的非虚构作品多探索伦敦的传说和轶事。二十世纪九十年代，辛克莱为BBC二台的《深夜秀》节目编剧、制作了许多纪录片。后来他和克里斯·佩蒂特一起为第四台执导了四部纪录片，其中《收容所》(*Asylum*）获得蒙特利尔电影节短片奖。他主编的《伦敦，消失之城》(*London，City of Disappearances*）出版于二〇〇六年。自那之后，他还出版了《哈克尼，那个玫瑰红色的帝国》(*Hackney, That Rose-Red Empire*)、《鬼的奶水》(*Ghost Milk*）和《美国烟雾》(*American Smoke*)。他讲述伦敦铁路步行一日的《伦敦地面铁路》(*London Overground*）一书出版于二〇一五年。

我的故乡是故事之乡

艾丽芙・沙法克

对于在破碎的家庭中孤独长大的孩子来说，没有比“故事之乡”这样的地方更适合他们的了。我知道，因为我也曾是他们当中的一员。

我是单亲妈妈养大的独生女，这在那个年代的那个国家颇不寻常。在我看来，一切都开始于斯特拉斯堡。在一个挤满左派、自由派土耳其留学生的小公寓，那里有香烟烟雾、革命思想、激烈的政治讨论，还有许多书。没过多久我父母就各走各路了。我爸爸留在法国继续攻读哲学博士学位，妈妈和我回到土耳其。当时妈妈年轻、迷惘。她没有学位证书，因为她决定结婚后就从大学退学了。有爱情就够了，她那时想。结果她现在没有工作，也没有钱。更何况她成了一个“离了婚的女人”——在“高级父权词典”里这不是一个好词。

在这种状况下，我们来到了外婆在安卡拉的家。在我的记忆中，这栋两层的房子一直在变化：有时是酸樱桃色；有时是腌李子或腌甜菜色。没有变化的是它位于一个非常保守的、男性主宰的穆斯林社区。一个个敞开的窗户飘出油炸茄子、蒜泥和分散的玫瑰香水的味道。而在每家窗帘的后面，都眨动着一双双好奇的眼睛，看着，判断着。

令我大感失望的是，附近没有书店，也看不见有图书馆。后来我们受邀去邻居家做客，我注意到好几家有书架，但通常不是用来放书的。那些“客房”的柜子里大部分都摆放着瓷猫、成套精美的茶杯或镀金边的咖啡杯。还有几张婚纱照，背景是野兰花和飞雁，显得很怪，我以前从没见过这样的婚纱照。但很少看到书。

当然，我不是说没有书。比如家家户户都有一本《古兰经》。很可能还有几本《圣训》(先知穆罕默德的言行录）和伊斯兰祈祷词。小时候我就意识到，人们更喜欢把圣书用珍贵的丝绸包着，挂在墙上——挂得高高的，触不到，读不了。书不是用来读的吗？为什么要把圣书放那么高——超过我的身高，我够不着？一年年过去，我慢慢明白，身为女孩，接近《古兰经》时必须加倍小心。比如来例假时，我就不能碰它。因为那些日子我被视为是“脏的”。

至少可以说，我小时候所处的环境不是一个文学的、充满知识的环境。同时，妈妈在外婆的鼓励下又回到了大学完成学业。所以，有一阵子我叫我妈妈“大姐”，叫照顾我的外婆“妈妈”。对此人人都有点纳闷，但我自己一清二楚。

外婆没受过多少教育，但她发自内心地相信，女孩比男孩更应该获得最好的教育。她是治疗师，人们有皮肤病、慢性疲劳症或者抑郁症什么的，都来找她治。她还能治为爱所困的人——就是那些被爱情或者疯狂附身的人。外婆说都是一回事。屋里，人们在祈祷、搞迷信：有玫瑰刺、红苹果、辟邪珠、琥珀念珠。而在屋外，有炸弹、枪击和示威游行。有人死，有人失踪。就在政变前的二十世纪七十年代末，右派与左派对抗，民主主义者与民族主义者、伊斯兰教主义者对抗，库尔德人拿起武器，他们内部又各自混战。政治暴力急剧升温。

外婆是个讲故事能手。她熟悉所有的爱情故事——莱拉和玛吉努、法尔哈德和席琳、凯雷姆和阿斯利……他们都是中东版的罗密欧和朱丽叶。她的故事开头都是一样的："从前有个……""从前没有……"一听到这句话，我就知道马上要进入一个神奇的国度、一个颠倒的世界。在那里，时间轮回，动物们跳舞、说话、布道，婴儿们摇晃着父亲的摇篮。这就是外婆故事的宇宙，充满神话、正义的咒语和无烟的火孕育出的神灵。它们被叫作精灵。如果你能发现它们的名字，它们就得听你的，不然你就得听它们的。人生真危险啊！

在电视机上方的书架上，有一本棕色的大厚书——《伊斯兰解梦大全》。我为它着迷。这是一本什么样的书？它像词典，又不是词典。结构像百科全书，但也不是百科全书。有时候，感觉像在读故事，或者是诗，虽然它明显既不是故事书也不是诗集。爱真是个谜。你不仅会迷恋人，也会迷恋印出来的文字，或者抽象的思想。毫无疑问，我深深爱上了这本特别的书。

每个梦都可以解释。每一种解释都可以再解释，取决于解梦人的动机和知识。在这本书面前，读者与其说是被动的消费者，不如说是积极的参与者。阅读行为不一定是线性的、有逻辑的。跟我以前读过的书不同的是，这本书没有开头，没有结尾，是一个迷宫。我可以从中间开始读，倒着读，跳着读，一会儿读前面，一会儿读后面，好像在用文字玩跳房子游戏。

在学校的教室里，我发现了一个装满书的小柜子，令我喜出望外。大部分书是土耳其作家写的，我很快就全部读完了。然后因为没有别的书可借，我又重读了一遍，这一遍读得比较慢。但书写对我而言是一种痛苦，我是天生的左撇子。班主任明确说这是遗传错误，得靠纪律和毅力纠正。人人都应该用右手握笔。

“你们这些孩子上厕所的时候，是用左手擦屁股的，对不对？所以，左手是肮脏的。你们的书写应该是干净的、纯洁的、没有瑕疵的。”

看到我默默努力而痛苦的样子，有一天，这位老师把我拉到一边，建议我把左手送去“流放”。我第一次听到这个词。于是，整个小学阶段，我都尽可能把左手，我这只可耻而罪恶的手，放在课桌下，看不见，不使用——但是，它当然总是冒出来，拒绝被征服。我因而明白，你越是压抑什么，它越是强烈地反弹。直到今天，我仍然觉得我的两只手完全不协调，写任何东西都很难用手写。

过了几年，我妈妈大学毕业了，当上了外交官。我们俩搬去了西班牙的马德里。我从安卡拉那个迷信的、宗教色彩很重的、既幽闭又神奇的社区，豁然进入漂亮时髦的国际学校，在这里上学的都是外交官、官员和侨居西班牙的外国人子女。极度内向、害羞的我，再一次感觉自己像个局外人，像乌龟一样缩回自己的壳。只不过我的壳是用书做的。

我开始用西班牙语阅读——《托美斯河上的小癞子，他的身世和遭遇》① 深入我心。学校里有个结实的金发荷兰男孩喜欢欺负像我这样不受欢迎的孩子，已经给我准备了一系列绰号。从他那里我才知道，是土耳其人砍下了塞万提斯的左手。幸好他不是左撇子。我想知道，这个塞万提斯是谁。我发现《堂吉诃德》的那天是特别光辉的一天：这里有百折不屈的冒险意志和个性，有无拘无束的想象力，有一个难以置信、近乎荒唐的主人公，还有那现实与可能之间可悲的古老鸿沟。这一切都激起了我的共鸣。当时，英语是我生活中的第三语言，但我结结实实地爱上了它。查尔斯·狄更斯、伊妮

---

① 《托美斯河上的小癞子，他的身世和遭遇》(*The Life of Lazarillo de Tormes*, *His Fortunes and Adversities*) 简称《小癞子》，是西班牙十六世纪中期出版的一部中篇小说，作者不详。它是世界各国文学界公认的“流浪汉小说鼻祖”。

德·布莱顿、罗尔德·达尔、奥斯卡·王尔德，然后有一天，发现了简·奥斯汀。

二十岁出头，我来到伊斯坦布尔，全心全意地相信这座城市在召唤我。它带有夸张涂鸦的蛇形小路、层层叠叠的厚重历史、令人神往的杂糅的气味与声音、一个集体失忆的都市磁石、许多等待被讲述的个人故事，还有书店。我多么爱它们。

我最喜爱的书店都在塔克西姆广场附近的伊斯蒂克拉尔大道一带。其中一家以传说中住在智慧树上的神鸟西摩格命名。任何时候，那里的店员都友好、和善，也让你尽情浏览。那里有成堆的书，有小凳子可坐，许多凳子上面有各种颜色的小猫。它们观察着顾客，眼睛眯成缝。另一家书店叫鲁宾逊·克鲁索，陈列的书从旅行到艺术史，种类广泛，让你在这里不知不觉就消磨了几个小时。我这样一个好奇心强而有点茫然的读者，看到感兴趣的书都会买，有英文的，也有土耳其文的。英国、法国、俄罗斯和南美的文学经典；美国、北欧、意大利的当代作家；苏菲派和犹太教神秘主义者；波斯和印度诗人；文化史；德国政治哲学；希腊诗人和作家——有我特别喜爱的卡瓦菲斯和卡赞扎基斯。

然后，我每周一次会跳上渡轮到这座城市的亚洲一侧。在卡德柯伊区还有两家我珍爱的书店，它们与欧洲那一侧的书店截然不同，要凌乱得多。比如，过道上杂乱无章地堆放着各种杂物，混乱一团。重金属音乐海报、土耳其和欧洲摇滚乐队的徽章、印有女权主义标志的手提包、印着左派诗歌的马克杯、带有环保主义口号的笔记本……

在附近的苍蝇小茶馆，你可以喝上一杯菩提花茶或浓咖啡，然后点上一支烟，继续看书，甚至看完。没人会管你在这些波希米亚式的书店里抽烟。所以书店里混杂着烟草、咖啡、菩提花和书的味道。我们没有把这里烧掉真是奇迹。店员们大部分是年轻男人，也有几个女人，他们总是身穿黑T恤，经常抽大麻抽得很兴奋——只要顾客不偷东西，他们就不在乎顾客做什么。任何反主流文化的东西都被惊奇地混在一起，散落在打折出售的书里。真是纯粹的混乱。而混乱是我们土耳其人最擅长的，过去如此，现在仍然如此。

那些年，我不但热爱、崇拜、呼吸着伊斯坦布尔，还与这座大都市无休无止地争吵。在我的小说中，我写了它的种种故事，也写了它的沉默、秘密、禁忌和耻辱。对我来说，这座城市始终有一种与生俱来的强健个性，脉搏中跳动着活力，从来都不只是色彩斑斓的背景，也不只是忧郁的风景。我在这里生活越久，就越相信伊斯坦布尔是一座“她之城”。尽管街道和公共广场属于男人，但君士坦丁堡的灵魂属于一个拒绝衰老的女人，尤其是日落以后。

于是，有很长一段时间，我就在那里，坐渡船往返于这座城市隔海而望的书店之间。我在欧洲一侧的书店买文学经典和学术著作，在亚洲一侧的书店买所有反主流文化的书籍、杂志和同人刊物。但真实情况也可能完全相反，因为这座城市两边的海岸并不是按照明确的文化界限划分的。

我经常光顾的其他地方就是二手书店。严格来说许多都称不上是店，而是堆满各种各样的书稿、微型画和杂志的小破屋子，种类之多令人眼花缭乱。那里还有一些被人遗忘、甚至是被禁的出版物。那里的顾客与众不同，不知为何显得更严肃。可以看到老年人和大学生在一起。氛围很安静。没有人吸烟，没有重金属音乐，绝对没有大麻。当你打开一本奥斯曼帝国时代的老书，第一页上就有一句祷告词献给柯比凯克——保护书免受灰尘和破坏的精灵。

我一直保持着兼容并蓄的阅读习惯，读各种文化、类型和历史的书籍。以前没有秩序，没有等级，没有中心。东方自何处始，西方向何处终？我画出自己想象的地图，故事自由地穿越国家和大陆，民族和宗教。我贪婪地读任何感兴趣的东西，从法兰克福学派到奥斯曼时代女性杂志，不在乎它们是“高雅”还是“低俗”。

多年来，我从伊斯坦布尔到波士顿，从密歇根到亚利桑那，又回到伊斯坦布尔，最后搬到伦敦。

但伊斯坦布尔的书店和它们的杂乱与多元，一直与我同在。我到哪里都带着它们，就在我的头脑中，在我的灵魂里……

艾丽芙·沙法克（Elif Shafak）

艾丽芙·沙法克，土耳其小说家、专栏作家、学者。一九七一年出生于法国斯特拉斯堡，毕业于土耳其中东理工大学国际关系学系，获性别及女性研究硕士学位、政治学博士学位。已出版十七本书，其中十本为小说，包括：《伊斯坦布尔孤儿》（*The Bastard of Istanbul*）、

《爱的四十条法则》(*The Forty Rules of Love*)、《名誉》(*Honor*)等。被赞誉为“当代土耳其与世界文学中最出色的声音之一”。她的作品打破文化壁垒与偏见，以兼容并蓄的视野书写女性、移民、少数族裔、当代年轻人与诉诸全球心灵的故事，既有敏锐的文化观察，又有强烈的人文关怀。